BBULMEDIA

http://www.bbulmedia.com

BBULMEDIA

http://www.bbulmedia.com

광해경

이훈영 신무협 장편 소설
광해경
10
〈완결〉

| 목차 |

第一章

전조(前兆)

갑작스레 사위가 어두워졌다.

시꺼먼 장막 같은 것이 갑작스레 하늘에 드리워져 순식간에 낮과 밤이 뒤바뀐 것만 같았다.

중청 광장에 모여 있던 수많은 무림인들은 물론 금군의 병사들마저 어리둥절한 눈으로 이 기이한 변화의 원인을 찾아 사방을 살필 수밖에 없는 때였다.

가뜩이나 금일 벌어진 공주의 인질 사건으로 인해 어수선함이 극에 달해 있던 때에 벌어진 일이니 혼란은 더욱더 가중될 수밖에 없었다.

그러한 상황에 더더욱 믿지 못할 일이 벌어졌다.

시꺼먼 장막 같은 어둠을 뚫고 한 줄기 강렬한 금빛 서기가 당황한 군중들 사이로 떨어져 내린 것이다.

그 빛이 내리꽂힌 곳은 정확히 혁무린이 자리한 곳이었다.

무린의 눈빛이 무섭도록 시커먼 안광으로 뒤덮였다.

"넌 뭐냐?"

천지를 암흑 안에 가두고 있던 무린의 입술에서 오롯한 분노의 음성이 흘러나왔다.

자신의 정수리로 떨어져 내리는 한 줄기 금광을 향해 가볍게 손을 뻗어 올리는 무린.

탁 하는 마찰음과 함께 금빛 서기는 순식간에 빛을 잃었지만 무린의 손끝은 잠시간 경련하듯 떨릴 수밖에 없었다.

무린의 얼굴이 더더욱 굳어졌다.

그리곤 이내 스산한 음성을 내뱉었다.

"놈! 넌 절대 해서는 안 될 짓을 저질렀어."

입을 열던 무린의 눈이 암흑을 넘어 어딘가에 잠시 고정되었다.

그리고 일순간 그 신형이 허공으로 섬전처럼 치솟아 올랐다.

스스로 만든 암흑의 장막마저 꿰뚫고 허공으로 치솟는 무린, 그 순간 천지를 휘감고 있던 시꺼먼 장막들마저 무린이 뚫어놓은 구멍을 향해 거짓말처럼 빨려 들어갔다.

거대한 흑운(黑雲)이 마치 소용돌이에 빨려들 듯 순식간에 사라져 가는 기이한 현상에 사람들은 더욱더 당황할 수 밖에 없었다.

천지의 조화가 일으킬 수 있는 기사라고 보기엔 너무나도 황당한 일, 하지만 중인들의 시선이 그 모든 것을 낱낱이 파악할 수 있었던 것은 아니었다.

단지 너무도 황당한 사태들이 연이어 벌어진 터라 당황함이 더해지며 이제까지 느끼던 어지럼증이 조금 짙어진 느낌을 받았을 뿐이었다.

하지만 눈앞에 벌어지고 있는 모든 상황을 똑똑히 목도한 연후의 입장은 전혀 달랐다.

정말로 좋지 못한 일이 일어나려 한다는 사실을 깨닫고 있는 것이다.

연후의 눈이 주변을 살폈다.

중청 광장의 상황은 여전히 혼란스러웠다.

이는 관부의 인물들이나 무림인들 모두가 마찬가지였다. 그런 와중에도 자신을 똑바로 바라보고 있는 사다인과 단목강의 시선이 느껴졌다.

그들 또한 무린에게 벌어진 일을 똑똑히 보았다 느낄 수 있었다.

하지만 단목강은 자운 공주 때문에 당장 몸을 뺄 수 없는 상황이었다. 승천대장군 곽영을 비롯한 금군의 장수들과 홍의 관복을 입은 관리들에게 둘러싸여 있는 상황인지라 당장 몸을 빼기 힘들어 보였다.

그때 즈음 연후의 귓가로 사다인의 음성이 들려왔다.

"가 봐라. 여기 일은 걱정 말고."

사다인이 예의 그 무뚝뚝한 얼굴을 하곤 무린이 사라져 간 쪽을 바라보고 있었다.

연후가 잠시 망설이는 듯하자 다시금 그 입이 열렸다.

"내가 네놈만큼 빠르면 진작 갔을 것이다. 어서 가 봐라. 무린, 그 녀석이 화내는 건 오늘이 처음이다."

사다인의 말에 연후가 잠시 지난 세월을 떠올렸다.

그러고 보니 확실히 분노라는 감정을 내비치는 무린을 본 적이 없었다. 과거 유가장의 참화를 겪었을 때도 오늘 같은 모습을 보이지 않았던 무린이었다.

"부탁한다."

연후가 입을 열자 사다인이 묵묵히 고개를 끄덕였다.

그런 사다인의 모습이 참으로 듬직하다 느끼는 연후기에 망설임 없이 무린의 뒤를 쫓을 마음이 일었다.

연후가 광안을 여는 것과 동시에 몸 안의 진기를 끌어올렸다. 그러자 다시금 무상의 공능이 미친 듯이 치떨리기 시작했다.

평소와는 너무나도 다른 반응.

하나 당장은 대체 무슨 일 때문에 이런 일이 벌어지는지 전혀 짐작할 수가 없었다.

그런 이유를 따지고 있기에는 상황이 너무나 좋지 못했다.

연후의 눈에 기이한 안광이 번뜩였고 그 순간부터 그 주변의 모든 것들이 천천히 움직이기 시작했다.

연후의 표정은 그 어느 때보다 잔뜩 경직되어 있었다.

이제 앞으로 벌어질 일들이 부친과 관련되지 않았을 리 없다는 생각 때문이었다.

그것이 연후의 마음을 참으로 무겁게 짓눌렀다.

하나 인륜을 부정하고 피할 수는 없는 법, 무엇이 되었든 결착을 보아야 한다는 사실을 받아들여야 한다는 생각이었다.

팟!

연후의 신형이 한 줄의 빛이 되어 사라졌고 혼란한 중청 광장의 시간은 다시금 제자리로 돌아왔다.

*　　　*　　　*

뇌옥에 갇힌 이공 죽노야와 삼공 육진풍의 몰골은 더 이상 처참할 수 없다 여겨질 정도로 망가진 상태였다.

잘린 팔목에서 떨어져 내리는 핏물이 아직까지 채 굳지도 않는 육진풍의 모습은 이공 죽노야에 비하면 차라리 다행이라 여겨질 정도였다.

연후에게 꺾여 부러진 팔이 덜렁거리는 채로 뇌옥의 벽에 기대 있는 이공의 눈빛은 도저히 살아 있는 사람의 것이 아니었다.

이미 모든 것을 포기한 처량하기만 한 노인의 눈빛, 육진풍은 의식을 차린 후에도 이공의 그 눈을 보며 아무런 말도 꺼낼 수가 없었다.

음습한 지하 뇌옥에 갇힌 두 노인은 그렇게 의식을 차렸지만 그 어떤 대화조차 나누지 않은 채 침묵의 시간을 보내고 있었다.

도저히 오늘 벌어진 일의 충격에서 벗어나지 못하고 있는 모습들.

일공의 목이 잘렸다.

두 노인들 모두가 자신보다 윗줄로 인정하던 고수가 바로 일공, 그런 일공이 어찌해 보지도 못할 찰나지간 너무나도 허망하게 목이 날아간 것이다.

그 후 제대로 저항이란 것조차 해보지 못하고 제압당해버린 두 노인에게 지금의 상황은 참으로 받아들이기가 힘들었다.

그나마 삼공 육진풍은 이공 죽노야보다는 훨씬 온전한 상태였다.

의식을 차린 후 그는 내내 오늘 본 검마를 생각했다.

그의 움직임은 아무리 되새겨도 이해가 되지 않았다.

어떻게 그렇게 움직일 수 있는지, 어떻게 자신이 반응조차 할 수 없을 만큼 빠를 수가 있는지 도무지 이해가 되지 않았다.

그 충격이 너무나도 커 한동안은 화산파의 일이나 도왕 금도산의 일마저 떠올릴 수가 없었다.

그렇다고 해도 무작정 지난 일만을 붙잡고 있을 수가 없는 것이 육진풍의 처지였다. 자신의 상황이 어떤지를 너무 잘 아니 최소한 이제 무엇을 해야 하는지 정도는 판단할 수 있는 것이다.

한동안 복잡한 상념에만 빠져 있던 육진풍의 눈빛에 정광이 감돌기 시작했다.

내밀원이란 곳의 무인들이 점혈을 했다지만 그 정도가 육진풍에게 제약이 될 수는 없었다.

우두두둑!

뇌옥 바닥에 팽개쳐져 있던 그의 전신에서 뼈가 뒤틀리는 소리가 흘러나왔고, 그 순간 육진풍의 얼굴이 더없이 일그러졌다.

"으으윽!"

제맥되어 있던 기혈을 억지로 뚫기 시작하자 잘린 팔목의 고통은 물론 검마에게 격타당한 충격까지 한꺼번에 밀려들어 와 절로 신음이 터져 나온 것이다.

하나 그것도 잠시뿐이었다.

육진풍은 최소한의 움직일 수 있는 여력을 확보한 뒤 더 이상 운기에 매달리지 않았다.

하나 그 정도만으로도 조금 전 초라하기 그지없던 노인의 모습에서 다시금 중살이자 삼공이란 육진풍 본래 모습을 조금이나마 회복할 수 있었다.

물론 몸 상태만 따지자면 본래의 백분지 일이나 될까 말까 한 수준에 불과했지만 이제 해야 할 일을 위해선 그 정도면 족하다는 생각이었다.

"죽아!"

육진풍의 나직한 음성이 이공을 불렀다.

하나 넋을 잃고 있는 이공의 표정과 눈빛엔 미세한 흔들림조차 없었다.

그런 이공을 향해 다시 이어지는 육진풍의 나직하한 음성.

"미안타고는 말하지 않겠네. 더 추한 꼴을 보이느니 이것이 차라리 낫지 않겠나……."

육진풍이 천천히 무릎걸음으로 움직여 벽에 기댄 이공 앞으로 다가갔다.

그런 뒤 왼손을 들어 올리는 육진풍의 손끝이 이공의 백회 위에서 잠시 멈칫거렸다. 때마침 죽은 자의 그것과 다를 바 없던 이공의 눈빛이 미세하게 흔들리는 것을 보았기 때문이었다.

그 찰나의 순간 이공에게서 추호의 원망도, 추호의 아쉬움도 느낄 수가 없는 육진풍이었다.

외려 그 짧은 순간 그 눈빛에 담긴 한없는 고마움이 느껴져 삼공의 손이 움직일 수가 없는 것이었다.

그 마음이 무엇 때문인지 모를 수가 없는 육진풍, 그의 나직한 음성이 이공을 향해 속삭이듯 이어졌다.

"곧 따라가겠네."

육진풍의 좌수가 이공의 머리통을 내려쳐 갔다.

한데 그 순간 전혀 예측하지 못한 일이 벌어졌다.

"헉!"

나직한 비명과 함께 육진풍의 온몸이 그대로 굳어졌다.

전혀 짐작도 하지 못한 상황에서 다시금 옴짝달싹할 수 없는 상태로 점혈을 당해 버린 육진풍. 그 눈동자가 다급하게 좌우를 살폈지만 고개조차 돌릴 수가 없는 상황이었다.

"삼공, 그러실 필요 없소."

때마침 묵직하게 울리는 사내의 음성에 육진풍의 눈빛이 더없이 치떨렸다.

그 음성을 모를 수가 없었다.

곽영, 그가 뇌옥에 온 것이다.

옴짝달싹하지 못하는 처지임에도 분노가 들끓었다. 이 모든 상황의 뒤에 그가 있다는 생각을 지우지 못하기에 이는 분노였다.

"이놈! 네놈이! 네놈이 어떻게 우리에게!"

육진풍의 노기와 울분이 뒤섞인 음성이 뇌옥을 쩌렁쩌렁 울렸지만 정작 그는 곽영을 향해 고개조차 돌릴 수가 없는 비참한 처지였다.

그때 다시금 육진풍으로선 이해하기 힘든 일이 벌어졌다.

팟 하는 기음과 함께 갑작스레 점혈이 풀린 것이다.

이해되지 않는 상황에 반신반의한 눈으로 고개를 돌린 육진풍, 순간 철컹 소리가 나며 뇌옥의 문이 열렸다.

"가십시오. 두 분께 이 곽영이 해드릴 수 있는 것은 여기까지입니다."

열린 뇌옥의 문 너머에 서 있는 곽영은 화려한 금빛 갑주를 걸치고 있어 대장군의 위엄을 잔뜩 풍기고 있었다. 하지만 그 표정만은 너무나도 착잡하게 보여 육진풍은 잠시간 멍한 눈빛이 될 수밖에 없었다.

하나 그것도 잠시일 뿐 육진풍이 억눌렀던 분노를 다시금 터트렸다.

"놈! 이번엔 또 무슨 수작이더냐?"

온통 적의와 분노가 가득한 그 음성에도 불구하고 곽영은 여전히 깊게 가라앉은 눈으로 육진풍과 죽노야를 번갈아 바라보기만 했다. 이에 육진풍의 눈빛 역시 더없이 날카로워질 수밖에 없었다.

"두 분께서 지키고자 했던 것들은 이제 곧 사라집니다.

며칠이 될지 혹은 몇 날이 될지는 알 수 없지요. 하나 확실한 것은 이제는 모든 것들이 변한다는 것. 두 분께서도 그만 쉬시지요."

곽영의 이해 못할 이야기에 육진풍은 할 말을 잃고 말았다.

잠시간 몇 번이나 되짚어 보아도 그의 말을 이해할 수가 없었던 것이다.

지키고자 하는 것이 사라진다는 말.

그러던 어느 순간 육진풍이 분노를 넘어선 살기를 뿌리며 열린 뇌옥을 향해 달려들었다.

곧 죽어도 이상치 않을 것 같은 몸뚱이였지만 극한의 살기를 한꺼번에 폭발시킨 육진풍의 공격은 이전 비무대 위에서 보여준 신위와도 충분히 비견될 만한 것이었다.

안타까운 것은 그 손에 박도가 없다는 것과 그 박도를 잡고 있던 우수가 잘려 이제는 왼팔 하나가 전부인 공격이라는 것.

좁다란 뇌옥문을 통과해 쏘아지는 육진풍의 공격에는 일격필살뿐 아니라 동귀어진의 의지마저 담겨 있었으니 그 누구도 감히 경시할 수가 한 수였다.

하지만 상대는 곽영이었다.

육진풍이 온전한 몸일지라도 승패를 결하기가 어려운 상대가 곽영인 것이다.

그가 허리춤에 패용하고 있던 검갑을 재빠르게 들어 올려 육진풍의 좌수를 막아내자 그 반발력을 못 이긴 육진풍의 노구가 날아올 때보다 더 빠른 속도로 튕겨졌다.

순식간에 다시금 나동그라지듯 뇌옥 안쪽으로 처박힌 육진풍의 입에선 고통보다 분노와 모멸감이 서린 신음이 토해졌다.

"크으윽! 크아악!"

하지만 곽영의 얼굴은 참으로 무표정하게 보였으며 그런 곽영의 입에서 다시 한 번 나직한 음성이 흘러나왔다.

"한때나마 내게 무공을 가르쳐 준 두 분에게 할 수 있는 마지막 예우요. 지금의 하늘 아래선 황족을 능멸하고 살아남을 수 있는 방법이 없지요. 하니 보내줄 때 떠나시오."

"이놈! 네놈이 우리에게, 아니, 죽은 일공을 보아서도 그런 말을 할 수가 있단 말이더냐? 진정 금수도 아니 할 짓을 어찌 네놈이……."

육진풍의 노기 서린 음성이 날카롭게 흘러나오다 곽영의 기세에 뚝 하고 끊어졌다.

"금수? 지금 금수라 했소?"

매섭게 쏘아지는 곽영의 눈빛에서 일어난 기운에 육진풍은 온몸이 터져 나갈 듯한 압박감을 받아야만 했다.

"당신이 입에 담을 소리요? 흥! 사람의 도리? 내가 살길을 열어주려는 것은 적어도…… 그대 둘이라면 사라져 가는 이 강호의 모습을 지켜볼 자격이 있다고 여겼기 때문이오."

"……."

"한 시진! 사람을 보낼 테니 준비하시오."

곽영은 그 말을 끝으로 뒤돌아섰다.

저벅거리는 발자국 소리만을 남기고 곽영이 사라진 후에도 육진풍은 한동안 미동도 하지 못한 채 그가 남긴 말을 되새길 뿐이었다.

"강호가 사라진다니…… 그게 대체……."

힘을 잃은 육진풍의 나직한 음성만이 뇌옥에 울려 퍼졌다.

*　　*　　*

무림왕부의 중심이라 할 수 있는 높다란 구층 전각.

일왕각이라 이름 붙은 그 전각 안쪽의 분위기는 침중하기 이를 데 없었다.

지난밤 자운 공주가 납치되었다는 사실도 파악하지 못했으며, 그 공주가 대낮에 강호의 무뢰배에게 인질이 되어 나타난 초유의 사건까지 발생한 직후였으니 천목산에 파견된 고위 관리들이나 금군 무장들의 안색이 파리하게 변할 수밖에 없는 것이다.

그나마 천만다행으로 인질극을 벌인 악적들을 나포하여 뇌옥에 구금하였고, 공주 또한 무사히 구출할 수 있었다지만 그 일을 해결한 것 역시 강호의 무부들인 상황이었다.

하니 일왕각에 자리한 관리나 장수들 중 누구 하나 자운 공주 앞에서 감히 고개를 들지 못하고 있는 것이다.

자운 공주는 황족 중에서도 아주 특별한 여인이었다. 당금 황상의 총애를 한 몸에 받고 있는 금지옥엽, 그런 자운 공주에게 벌어진 인질 사건이니 주동자들은 물론 이에 연루된 이들 중 누구 하나라도 구족참시의 형을 면키 어려울 정도의 대사건인 것이다.

문제는 그것뿐만이 아니라는 것이다.

전일 일왕각의 경비를 맡았던 병사들은 물론이요, 그들의 관리 감독을 책임져야 하는 관리들과 무장들은 삭탈관직을 넘어 수삼 년 형옥 생활을 해야 할 것이며, 그중에 책임자 몇은 종군형에 처해져 남은 평생을 북방의 전장에서 화살받이로 살아야 할 것이 틀림없었다.

상황이 그러하니 일왕각의 분위기가 더없이·무거울 수밖에 없는 것이다.

"경들을 탓하고자 할 생각은 없어요. 하니 모두 고개를 드세요."

일왕각 일층 대전에 놓인 옥좌에 앉아 맑은 목소리를 내뱉는 자운 공주의 모습엔 황족으로서의 위엄이 절로 묻어났다.

하나 그녀의 음성에도 불구하고 누구 하나 감히 고개를 드는 이가 없었다.

"암행(暗行)을 나와 이곳에 온 것 모두 본 공주의 독단에서 비롯된 일입니다. 이 일로 여러분들에게 책임을 묻는 일은 없을 터이니 모두 고개를 드세요."

연이어진 그녀의 말에 하나둘씩 고개를 드는 무장들과 관리들.

그들의 시선이 옥좌에 앉은 공주를 향했다가 그녀 곁에 선 사내를 조심스레 살피기 시작했다. 금일 낮 비무대 위에서 공주를 구해주었던 강호의 무인들 중 하나였다.

일개 강호의 무부임이 틀림없는 이가 공주를 호위하며 서 있는 상황에 관리들이나 무장들의 눈살이 찌푸려졌지만 누구 하나 나서서 감히 그것을 탓할 수가 없었다.

"이 일을 더 크게 만들어 아바마마께 심려를 끼쳐드리고 싶진 않습니다. 하니 사건이 모두 정리될 때까진 북경에 연통을 넣는 일은 없었으면 합니다."

다시 한 번 이어지는 자운 공주의 음성에 홍의 관복을 입은 관리들이 서로 눈치를 보다 누군가 조심스레 나섰다.

"마마! 어찌 그런 황망한 말씀을 하시옵니까? 마마의 옥체에 해를 가하려던 패악한 종자들을 추포하였사옵니다. 대장군이 직접 죄인들을 추국하고 있사오니 뒷일은 신들에게 맡기시옵소서."

늙수그레한 관리가 나서 더없이 조심스레 입을 열었지만 자운 공주의 표정은 조금 전과 달리 차갑게 변해 있었다.

그런 자운 공주의 입에서 전에 없이 힘 있는 음성이 흘러나왔다.

"절강 포정사 홍문규!"

뜻하지 않게 자신의 이름을 지적당한 늙은 관리가 다시 한 번 넙죽 허리를 접으며 예를 갖췄다.

"예, 마마!"

"그대는 곽 장군이 본 공주보다 서품이 높다 생각하는 것인가?"

"그, 그럴 리가 있겠사옵니까? 다만 황상께서 후일 이 일을 아시기라도 한다면 자칫……."

포정사 홍문규가 차분하게 응대했지만 연이어진 자운 공주의 음성은 이전보다 더욱더 차갑게 변해 있었다.

"그 입 다물라! 고작 환관 하나를 막지 못해 절강으로 도망 온 그대가 감히 황상을 핑계로 나를 능멸하려는 것이냐?"

서슬 퍼런 자운 공주의 일성에 홍문규는 물론 그 뒤에 자리한 관리들 모두 입을 굳게 다물 수밖에 없었다.

그녀가 언급하는 것이 태공공의 일임을 모르지 않기에 벌어진 일이며 그 일에 관해 자유로울 수 있는 관리가 없다는 것 역시 모두가 납득할 수밖에 없는 일이었다.

자운 공주 역시 지난 하루 동안 겪었던 일들의 충격에서 완전히 벗어난 상태는 아니었지만 그녀의 곁을 지켜주는 이가 있기에 용기를 쥐어짜고 있는 것이다.

때마침 그녀의 귓가로 단목강의 전음이 들려왔다.

"마마! 잘하고 계십니다. 곽영 그자가 어떤 자인지 절대 잊어선 아니 됩니다."

단목강의 목소리에 자운 공주의 커다란 눈망울에 결연한 의지가 감돌았다. 과거에도 이미 한차례 곽영을 믿었다가 크나큰 낭패를 당한 일이 있었다.

그녀가 가장 믿고 의지했던 한림원의 대학사 조병탁을 곽영의 배신으로 잃어야 했으며, 단목강의 부친 역시 행방불명되어 모두를 노심초사하게 만들었다.

거기에 그치지 않고 단목세가가 멸문지화의 변을 당해야만 했으니 그런 모든 일들과 곽영의 배신이 맞물려 있음을 아는 자운 공주가 곽영을 눈앞의 관리들과 같은 시선으로 볼 수가 없음은 너무나 당연한 일이었다.

승천대장군의 직위에 올라 조정의 실권을 장악해 버린 그 모습 뒤에 얼마나 추악한 이면이 자리하고 있는지 파악할 수 없어, 그를 대할 때마다 태공공 이상의 두려움을 느끼는 것이 자운 공주의 솔직한 심정이었다. 지금 그녀 곁에 단목강이 없었다면 결단코 이 자리에 서 있을 수도 없었을 것이다.

그때 다시 한 번 단목강의 전음이 그녀의 귓가로 파고들었다.

"금일 마마께 위해를 가하려던 자들이 바로 중살이란 자들입니다. 그 중살이 태공공과 깊은 관련이 있고, 곽영 그자 또한 태공공 편에 섰던 자입니다. 그들 서로가 결코 무관할 수 없으니 마마께서 심지를 더더욱 굳건히 하셔야 합니다."

단목강의 목소리에 자운 공주의 표정은 점점 더 굳어졌다.

그녀 역시 이번 천목산의 일을 주도하는 곽영의 진짜 본심을 알지 못하고 있는 상황이었다.

북경으로 돌아가라는 단목강의 간곡한 요청마저 거부하고 조르다시피 하여 이곳까지 동행한 그녀의 속내에는 이곳 일이 혹여 황실에 좋지 못한 일을 끼치지나 않을까 하는 염려가 가득이었다.

아니나 다를까 연일 돌아가는 분위기가 너무나 심상치 않았다.

굳이 그녀 자신이 겪은 일은 논외로 친다고 해도 이미 오천이나 되는 금군이 이곳에 포진하여 있는 상황에 다시금 그 몇 배나 되는 병력이 보강된다 하니 자칫 예기치 못한 충돌이라도 벌어질까 마음 졸일 수밖에 없는 처지였다.

그리고 그 모든 것이 곽영의 뜻이라 하니 온전한 그 내막을 파악치 못한 그녀로선 답답함이 가중될 수밖에 없는 것이다.

"마음을 편히 하십시오. 신이 공주님의 곁은 지킬 것이고 제 형님들께서 또한 저와 마마를 보필할 것입니다. 마마께선 그 무엇도 두려워할 필요가 없사옵니다."

더없이 침중한 상태에서 들려온 단목강의 굳건한 음성에 자운 공주는 다시금 용기를 끌어올렸다.

"당장 죄인의 추국도 중요하지만 이곳에 모인 무림인들의 동요를 가라앉히는 것 역시 간과해선 안 될 것이에요. 홍 포정사는 들으세요."

그녀가 더없이 근엄한 음성으로 홍문규를 칭하자 그는 다시금 허리를 숙이며 그녀의 명을 기다렸다.

"뇌옥으로 간 곽 장군에게 전하세요. 죄인의 심문은 본 공주가 친히 나설 것이니 속히 무림인들을 다독일 방도를 내놓으라고."

자운 공주의 명이 떨어지자 홍문규는 참으로 난감한 표정을 지었다.

굳이 서열을 따지자면 그녀가 곽영보다 높다는 것에는 이견을 달 수가 없었다. 하나 서품은 서품일 뿐 이는 실상을 전혀 모르는 공주의 월권이나 다름없었다. 더구나 포정사 홍문규는 곽영 쪽에 속한 인물이었다.

아니, 정확히는 유기문을 따르며 그가 이끄는 번천회에 속한 인물로 앞으로 펼쳐질 새 세상을 꿈꾸는 노학사인 것이다.

그런 홍문규의 입장에서 곽영의 행보에 제동을 걸 수는 없는 일, 그렇다고 대놓고 자운 공주의 명을 거부할 수도 없는 처지인지라 그 얼굴에 당혹스러움이 묻어난 것이다.

한데 그런 홍문규의 고민을 단숨에 날려줄 음성이 대전의 입구 쪽에서 들려왔다.

"그러실 필요 없습니다."

중인들의 시선이 일제히 뒤편으로 돌아 대전 문을 열고 들어오는 대장군 곽영으로 모아졌다.

그의 등장으로 자운 공주의 표정이 잔뜩 굳어졌으나 옆에 선 단목강의 얼굴은 너무나 담담하기만 했다.

부친인 단목중경이 겪은 일을 알고 있음에도 일말의 흔들림 없는 눈으로 곽영을 응시하고 있는 단목강.

하나 곽영 또한 잠시간 그를 보는 것이 전부였을 뿐 이내 자신을 향하는 좌중의 시선들을 받으며 당당한 걸음으로 자운 공주가 선 옥좌 앞까지 이르렀다.

"죄인들의 심문은 이미 끝났고, 비무 대회는 내일 다시 속개될 것입니다."

곽영의 말에 관리들이나 장수들은 말할 것도 없고 자운

공주나 단목강의 표정마저 의아함에 물들 수밖에 없었다.

사안의 중차대함을 감안하면 이렇게나 빨리 결론지을 수 없다는 생각들 때문이었다.

그런 상황에 가장 먼저 본래의 신색을 찾은 것은 자운 공주였다.

"심문이 끝났다 했나요? 그래 연유가 무엇이라 하던가요?"

아무리 공주의 신분이며 곽영에게 크나 큰 적대감을 갖고 있다고 해도 병부상서이자 금군의 통수권자인 그에게 함부로 말을 할 수는 없는 일이었다.

"그들은 각기 오래전부터 이어져 온 일인전승 무맥의 계승자들로 우연히 만나 마마를 납치한 후 자파의 비급들과 교환하려는 작당을 하였습니다. 그 이외에 특별한 배후는 없는 것으로 밝혀졌습니다."

곽영의 너무나 간단명료한 말에 대신들은 물론 자운 공주마저 할 말을 잃고 말았다.

외려 그 순간 단목강의 눈빛에 분노의 기운이 가중되었을 뿐이었다.

중살의 정체를 뻔히 알고 있는데 낯빛 하나 변치 않고 이어지는 곽영의 말이 너무나 어처구니가 없이 느껴졌다. 그렇다고 하나 당장 자신이 나설 수 있는 상황이 아니라는 것을 모르지 않았다.

하니 애써 끓어오르는 분노를 다독이며 곽영을 노려보는 것만이 단목강이 할 수 있는 일의 전부였다.

그런 단목강의 태도에는 전혀 아랑곳하지 않는 곽영의 음성이 연이어 흘러나왔다.

"딱히 연고가 없는 이들인지라 연좌의 죄를 물을 수 없을 것이라 사료됩니다. 비무대회가 끝나는 날 강호의 무부들이 보는 앞에서 참수토록 할 것이니 심려치 마시옵소서. 하여 내일부터 다시 비무대회를 속개할 것입니다."

곽영의 말에 자운 공주는 물론이요 대신들마저 적지 않은 동요를 일으켰다.

저간의 사정을 전혀 모르는 이들이 느끼기에도 벌어진 사안에 비해 조사가 너무 쉽게 끝난 것은 아닌가 하는 의심을 지우지 못하는 것이다.

그렇다고 해도 과거 태공공 이상의 권세를 휘어잡은 대장군 곽영의 처사에 함부로 나설 수는 없는 입장, 자운 공주만이 입술을 힘껏 깨물며 날 선 음성을 내뱉었다.

"본 공주에게 위해를 가하려 했던 무리들을 인데 고작 한 시진의 추국으로 모두 끝냈다는 말입니까?"

"하면 무엇이 더 필요하신지요? 없는 배후라도 만들어 이곳에 모인 강호의 무부들을 모조리 참살이라도 하길 원하시는지요?"

곧바로 이어진 곽영의 너무나 당당한 말에 자운 공주는

할 말을 잃고 말았다.

분노로 인해 가뜩이나 하얀 공주의 얼굴빛이 더욱 창백해지려는 찰나 그간 입을 다물고 있던 단목강이 나설 수밖에 없었다.

"그 말 책임질 수 있습니까?"

금군의 수장인 곽영에게 일말의 위축됨도 없이 이어진 단목강의 음성이었지만 이를 받아들이는 관리들이나 무장들의 반응은 날카로울 수밖에 없었다.

어디 감히 너 같은 이가 공주와 대장군의 대화 사이에 끼어들 수 있느냐는 눈빛들, 하나 오히려 곽영은 그런 단목강의 태도에 별다른 내색조차 하지 않고 응대했다.

"책임? 자넨 누구지?"

"단목강. 부친의 함자가 중자 경자이고 강호에선 검륜쌍절이란 별호로 알려진 분이오."

부친 단목중경을 언급하며 더없이 날카로운 눈빛으로 곽영을 바라보는 단목강의 음성이 고울 리는 없었다.

하지만 곽영은 여전히 별다른 표정의 변화조차 없이 응대했다.

"그러니까 한낱 강호의 무부란 말이로군. 하면 무슨 자격으로 감히 이 자리에 선 것인가?"

"……."

"지금 이곳이 사사로운 자리로 보이는가? 황상께서 자리하지 않을 뿐 그 어지를 따라 행해지는 조정의 행사임이 분명한데, 감히 네놈 같은 일개 무부가 나서 본관의 행사에 책임을 논한단 말인가?"

별다른 동요조차 없이 무덤덤하게 흘러나오는 곽영의 음성이기에 더더욱 응대하기 쉽지 않은 단목강이었다.

하나 단목강 역시 결코 호락호락한 사내가 아니었다.

"오천 금군과 오백의 북로군, 이백의 동창 위사가 지키지 못한 공주님의 안위를 지켜낸 자격. 그 정도로 부족하오?"

처음 나설 때보다 더욱 힘 있는 음성에 곽영의 미간이 살짝 일그러졌다.

때마침 자운 공주가 단목강의 음성에 힘을 더했다.

"머잖아 부마도위에 오를 분이 바로 단목 공자시지요."

예기치 못한 그녀의 말에 좌중의 분위기가 일변했고 이를 느낀 자운 공주가 재빠르게 말을 이어갔다.

"첨언하자면 단목 공자님은 지난날 억울하게 화를 당한 황사 유한승 어른의 제자이며, 얼마 전 태공공의 목을 효수하여 대명황실의 기강을 바로 세운 유연후 공자와는 둘도 없는 지기입니다. 게다가 금일 본 공주의 목숨을 구명해 준 공자들 모두가 당시 황사 어른 아래 유가장에서 동문수학하던 지기들이니 단목 공자라면 이 자리에서 발언할 자격 정도는 충분하다 여겨집니다."

공주의 말에 관리들의 표정이 시시각각으로 변할 수밖에 없었다.

부마도위로 내정되었다는 말만 해도 결코 가볍지가 않은 일인데 황사 유한승의 이름은 물론 태공공의 지난 일까지 거론되고 보니 결코 함부로 대할 이가 아니라는 생각들을 하게 된 것이다.

그렇다고 해도 곽영의 표정은 전혀 달라진 것이 없었다.

"그렇게까지 말씀하시니 굳이 황상께 부마의 내정에 대한 윤허를 받았는지를 따지진 않겠습니다. 하면 오늘 죄인들의 추국에 따른 책임만이 남을 것인데, 원하신다면 마마께서 직접 심문을 하시지요."

너무나 수월하게 중살의 신병을 양보하는 곽영의 태도에 자운 공주의 얼굴에 의아함이 감돌았다. 하나 곽영은 처음 나타날 때부터 이제껏 거의 달라진 것이 없을 정도로 무표정함을 유지하고 있었다.

"하면 마마께선 자리를 양보해 주시겠습니까? 이번 무림대회의 일은 황상께서 직접 제게 전권을 위임하셨으니 더 이상의 참견은 월권이 될 수도 있습니다."

명백한 축객령에 옥좌에 앉은 자운 공주의 눈빛이 파르르 떨렸지만 연이어진 곽영의 말은 더 이상 그녀를 이 자리를 지킬 수 없게 만들 만한 충분한 힘이 실려 있었다.

"소관이 감히 공주 마마께 불경할 생각은 없사오니 먼저 황상께 연통을 띄워 공주께서 왕림한 것을 알려야겠습니다. 한데 이상한 것은 신이 북경을 출발할 때만 해도 봉명궁에 계시던 마마께서, 어찌 저보다 빨리 이곳에 올 수 있었는지 모르겠습니다. 혹여 누군가 마마를 대신하고 있다면 황상의 노기가 하늘을 찌르실 터……"

곽영의 말이 더 이어져야 좋을 것이 없다는 것을 아는 자운 공주는 자리를 박차고 일어섰다.

지금 자금성 봉명궁에는 그녀를 대신해 모산파의 천월 법사가 자운 공주 행세를 대신하고 있는 터였다. 천월 법사 또한 단목세가의 숨은 가신 중 한 명이며 이는 공식적으로 공주는 지금 자금성내 봉명궁에 있다는 뜻이었다.

후일 황제 앞에 돌아가 직접 고한다면 모를까 머나 먼 절강 땅에 위치해 있는 지금으로선 당연히 알려져서 좋을 것이 없는 상황이었다. 자칫 법사의 안위마저 염려해야 하는 상황이 될 수도 있는 것이다.

결국 당장은 중살에 대한 심문을 양보받은 것으로 자리를 뜰 수밖에 없는 처지.

그녀가 먼저 옥좌에서 일어서 곽영의 곁을 스쳐 지나가자 곽영이 머리를 숙여 예를 표했다.

결단코 그 모습만 보아선 공주를 무시한다는 느낌을 받을 수가 없었다.

그런 곽영의 태도가 참으로 의아할 수밖에 없는 단목강이었다. 자운 공주를 호위하며 뒤따라 나서는 단목강의 눈은 한참이나 곽영에게 고정될 수밖에 없었다.

때마침 자운 공주가 지나치자 고개를 든 곽영과 단목강의 눈이 마주쳤다.

그 순간 비릿하게 웃는 곽영의 눈.

"아쉽군. 꼭 한 번 다시 겨뤄보고 싶었건만."

예기치 못한 곽영의 음성에 단목강의 표정이 일그러졌다.

"팔비신륜 말일세. 낮에 보니 아비보단 낫더군!"

명백한 조롱의 음성, 짐작컨대 부친과 곽영이 일 수를 나누었음을 알 수 있었다.

그런 생각이 들자 단목강의 얼굴이 일변했다.

곽영 이상의 싸늘한 조소를 머금은 단목강의 시선이 곽영을 쳐다본 후 획 하니 돌아섰다.

"그럼 네놈 죽어!"

곽영만 들을 수 있는 음성.

순간 곽영의 입에서 누구도 예기치 못한 광소가 터져 나왔다.

"하하하하하! 좋구나. 좋아. 젊다는 것은! 그래서 더 아쉬운 것이지. 이제는 그마저 볼 기회가 없을 터이니……."

서서히 잦아 들어가는 곽영의 웃음소리에 단목강의 미간이 잔뜩 일그러질 수밖에 없었다.

도발이라도 해 주길 바라며 날린 전음이었지만 그 반응이 단목강의 예상과는 너무나 달랐기 때문이었다.

그로 인해 곽영을 비롯한 고관 대신들을 남겨두고 일왕각을 빠져나오는 단목강의 표정은 편할 수가 없었다.

'쉽지 않겠어.'

第二章

포위

정체불명의 적을 뒤쫓아 중청 광장을 떠난 무린의 신형이 서천목산을 완전히 벗어난 것은 사위가 완전히 어둠으로 물든 후였다.

무린의 움직임은 실로 놀라워 극상의 경신공부를 총망라하고 있다고 해도 과언이 아닐 정도였다. 험준한 산자락을 타 넘을 때와 절벽과 절벽 사이를 뛰어넘을 때가 달랐고 울창한 산림지대를 만나거나 좁고 험한 내리막길에선 또 달랐다.

곤륜의 운룡대팔식에 무당의 제운종, 화산의 암향표에 소림의 선하불영보까지 그 하나하나가 그야말로 최상의 경신공부였으며 이를 시의 적절하게 펼치는 무린의 모습은 그야말로 초절한 고수의 그것이 틀림없었다.

그럼에도 불구하고 무린의 얼굴은 너무나 굳어 있었다.

시간이 지날수록 점점 더 무섭게 일그러져 가는 무린의 모습에서 이전까지의 장난기 가득하던 모습은 전혀 찾아볼 수가 없었다.

그런 무린을 조용히 뒤따르는 이가 바로 연후였다.

무린이 아무리 고절한 경신 공부를 펼친다 해도 광안을 열고 있는 연후보다 빠를 수는 없었다.

다만 연후 입장에선 무린이 쫓는 이가 누군지 전혀 알 수가 없어 앞질러 나갈 수가 없다는 사실이 답답할 뿐이었다.

'대체 무엇을 쫓는 것일까?'

뒤따라 나선 후로 이제껏 연후의 머릿속에서 지워지지 않는 의문이었다.

처음엔 사람이라 여겼지만 한참이나 이제는 그에 대한 확신마저 사라졌다. 분명 무린의 움직임을 보면 누군가를 추적하기 위한 것임은 틀림없었지만 그 대상이 연후에게는 전혀 보이지도 느껴지지도 않는 것이 문제였다.

그렇다고 해서 이전까지 본 적 없는 다급한 얼굴의 무린을 마땅한 이유도 없이 불러 세우는 일도 쉽지 않았다. 하여 그저 말없이 뒤따르다 보니 벌써 날이 저문 것도 한참이나 지나 버린 것이다.

물론 광안을 열고 있는 연후에게 이 정도 어둠쯤은 아무것도 아니었고, 그것은 앞서가는 무린에게도 마찬가지로 보였다.

다만 무린의 움직임이 점점 더 빨라지고 있다는 것이 또 다른 걱정거리였다.

어지간한 고수라 해도 지친 기색이 역력할 시간. 한데 숨소리조차 거칠어지지 않은 무린의 움직임에 점점 더 그 속도가 가중되고 있으니 연후조차 점차 버거울 수밖에 없는 상황이 닥치고 있는 것이다.

처음 그 뒤를 바짝 따라붙은 직후엔 전궁만리영과 풍령비만으로도 충분했다. 한데 시간이 지나자 광안을 열지 않고선 도저히 그 속도를 따를 수가 없게 되어 버렸다.

차라리 목적지라도 먼저 알 수 있다면 지금의 속도보다 수십, 아니, 수백 배는 더 빨리 이동할 수 있는 연후였지만 당장은 무린을 따르는 것이 전부일 수밖에 없는 상황. 그것도 광안을 연 상태를 몇 시진이나 유지하고 있는 것이다.

바로 그것이 문제였다. 광안을 열면 빨라도 너무 빨라진다는 것.

하여 그저 두 다리를 이용하면 호흡마저 곤란해지는 상황이었고, 내력을 이용해 경신을 펼치자니 전과 달리 몸이 부쩍 무거워지는 이상한 현상이 계속되는 것이다.

거기다 끊임없이 떨리는 무상검결의 반응 역시 신경을 자극했으니 어딘지 모르는 위화감에 괜한 잡념까지 생겨나는 상태였다.

한데도 대체 얼마나 더 무린을 뒤따라야 하는지 전혀 알 수 없으니 연후의 마음은 점점 답답해져만 갔다.

더군다나 무린의 심각한 표정으로 보아 앞으로 어떤 일이 벌어질지 예측할 수 없는 상황이라 도저히 안 되겠단 생각을 하기 시작했다.

마음을 정한 연후의 속도가 전혀 달라졌다. 순식간에 무린의 곁으로 따라붙어 버린 것이다.

"무린!"

화살보다 더 빨리 쏘아진 채 무린의 곁을 나란히 달리게 된 연후였지만 이를 대하는 무린의 얼굴은 별다른 변화가 없었다.

마치 한참 전부터 연후가 뒤따르고 있다는 것을 알고 있었다는 듯 굳어 있기 만한 표정, 그러니 말을 꺼내기가 한결 쉬워진 연후였다.

"잠시 멈추자."

나란히 산자락을 타 넘던 무린이 그대로 고개만 살짝 돌려 연후를 바라보았다.

순간 무린의 눈빛에 찰나지간 기묘한 빛이 감돌았다.

"역시 안 되는 건가?"

무린의 입에서 이해 못할 음성이 한차례 흘러나온 뒤 그 신형이 그 자리에 뚝 하고 멈추어 버렸다. 그러자 몇 걸음이나 더 나아간 연후가 무린의 앞에 자리를 잡게 되었다.

먼저 입을 연 무린.

"이 일은 내 일이야. 넌 빠졌으면 좋겠다."

잔뜩 굳어 있는 표정과는 달리 그 음성은 이전과 큰 차이가 없을 정도로 깊은 정감이 묻어 있었다.

하지만 연후는 그것이 어딘지 더욱 부자연스럽게 느껴지기만 했다.

"무슨 일인지 말해줄 수 없느냐? 최소한 누굴 쫓는지라도?"

연후의 음성 역시 무척이나 조심스러웠다. 또한 그 음성 안에 무언가 말할 수 없는 고민이 서려 있음을 느낀 무린이 잠시 고개를 갸웃거렸다 반문했다.

"그게 왜 궁금한 거지?"

순간 연후는 말문이 막히고 말았다.

둘도 없는 지기라 여기는 무린이기에 더더욱 부친의 일 때문이라는 말을 꺼내기가 쉽지 않았다.

연후가 무린의 뒤를 쫓는 이유가 그것이었으니.

혹여 이곳 천목산의 배후에 부친이 연관되어 있지나 않을까 하는 걱정, 그러면서도 그것이 단지 기우이기를 바라는 마음이었다.

천에 하나 만에 하나 부친의 손에 혹여 친우인 무린이 해라도 입지 않을까 하는 심경마저 더해지고 있었다.

그만큼 부친 유기문이 보여 준 무경이 대단한 것이기 때문이었다.

만일 무린이 평소의 모습이었다면 차근차근 사정을 설명했을 수도 있었겠지만 지금 눈앞의 무린의 얼굴을 보니 쉽지 않았다. 그렇기에 더더욱 속내를 털어놓기가 힘든 것이다.

그나마 다행으로 여기는 것이 있다면 과거 유가장을 탈출하는 과정에서 부친과 무린의 면식이 쌓였다는 것 정도, 적어도 다짜고짜 칼부림을 하진 않을 것이라는 생각이니 감출 것은 감추고 싶었다.

"왜라니? 친우 사이에 이유가 중요하단 말이더냐?"

잠시의 망설임 뒤에 이어진 연후의 말에 무린의 표정이 삽시간에 달라졌다.

너무나도 냉막하게 변해 버린 그 얼굴에 연후마저 살갗을 타고 소름이 돋는 느낌을 지우지 못했다.

"돌아가. 네가 낄 일이 아니야."

뚝뚝 끊어지는 냉정하기 만한 무린의 음성에 연후의 표정 역시 딱딱하게 굳어졌다.

너무나도 냉정한 무린의 태도가 더없이 낯설게만 여겨졌지만 그렇다고 연후가 언성을 높일 이유는 없었다.

다만 진심을 이야기하지 않고선 이 상황을 쉬 타개하기 힘들다는 것을 깨달았을 뿐.

"무린아. 하면 잠시 내 이야기를 들어다오."

"……."

"어쩌면 말이다. 네가 쫓는 이가 내 부친일 수도 있다. 이곳 천목산의 일의 배후에 내 부친께서 깊게 관여한 것일 수도 있어."

속내를 털어놓기로 마음먹은 연후 역시 거리낄 것이 없는 음성이었다.

사실 연후는 무린이 왜 이렇게 화가 나 있는지, 왜 평소와는 전혀 다른 모습인 것인지 짐작조차 하지 못하는 상태였다.

무공을 익혀 지금에 이르는 동안 오직 개인적인 은원을 해결하기 위해 대부분의 시간을 쏟아부은 것이 연후의 입장이니 자부나 망량겁조가 지고 있는 업은 물론이요, 망균이 뿌려진 일 때문에 머리끝까지 치솟은 무린의 분노를 전혀 알지 못하는 것이다.

다만 며칠 전부터 달라지기 시작한 무린의 모습에다 오늘 보인 분노가 혹여 부친과 관계가 있지나 않을까 하여 뒤따라온 것이 연후의 입장일 뿐이었다.

연후는 그저 벌어질 수 있는 최악의 상황을 방지하고 싶은 것이다. 하여 입장을 가감 없이 밝혔으니 무린의 답을 기다려야 할 때, 한데 되돌아온 그 대답에 연후는 크게 당황할 수밖에 없었다.

속내를 모두 털어놓았음에도 불구하고 너무나 냉랭한 얼굴, 그 이어진 음성 또한 그 이상의 싸늘함이 담겨 있었다.

"아득하던 때부터 인간에게 허락된 힘이다. 이를 소멸시킨 죄는 네가 생각하는 것보다 훨씬 무거운 거야. 인륜이 아닌 천륜과 천도(天道)의 문제이니……."

"무린, 그게 대체 무슨……?"

이해할 수 없다는 연후의 반문이 이어졌지만 그마저도 무린의 느닷없는 노성에 끊기고 말았다.

"아무것도 모르면서 함부로 나서지 마!"

그 음성 끝에 무린이 갑작스레 연후를 향해 장심을 내뻗었다.

너무나 느닷없는 출수였지만 연후는 차분히 무린을 지켜보기만 했다.

이는 무상검결의 반응이 전혀 없기 때문이 아니라 그만큼 무린에 대한 믿음이 컸기 때문이었다.

아니나 다를까 무린의 손끝에서 일기 시작한 것은 이제껏 한 번도 느껴보지 못한 종류의 기운이었다.

전혀 이해할 수 없는 형태의 안개 같은 기운.

어쩐지 따스하다 느껴지고 또 한편 너무나 거대하고 단단하단 이질적인 느낌이 한꺼번에 느껴지는 기운이었다.

한데 그 순간 전혀 이해하지 못할 일이 벌어졌다.

그 기운이 연후를 가볍게 감싸더니 갑작스레 무린의 손

바닥으로 다시 빨려 들어가는 듯한 느낌이 인 것이다.

그 순간 이제껏 무겁다고 느껴졌던 몸이 순식간에 한결 가벼워진 연후.

그제야 기이하게 떨리던 무상검결이 전과 다름없이 차분하게 변했다.

이 모든 이해 못할 일들에 의아함이 가중될 수밖에 없는 상황, 때마침 마주한 무린의 이마로는 굵은 땀방울 몇 줄기가 흘러내렸다.

“젠장! 이번 건 더 지독하네. 겨우 이 정도 양인데도…….”

나직한 음성과 더불어 잔뜩 일그러져 있는 무린의 얼굴을 본 연후가 참지 못하고 물었다.

“설마 독 같은 것이냐?”

조금 전의 정황만으로도 충분히 그 같은 짐작을 할 수 있는 연후이기에 무린 역시 구구절절한 이야기는 생략했다.

“망균! 언젠가 이야기했지? 상고무림을 멸망시켰다던 망공독황의 독에 대해.”

“……!”

“그런 표정 지어봐야 이미 늦었어. 이놈은 과거의 것보다 몇 배는 지독하니까.”

“이해할 수가 없다. 나는 별 다른 이상을…….”

“그래서 더 무서운 거야. 과거의 그놈은 몸 안에서 잠자던 시간만 한 달이 걸렸어. 한데 어때? 고작 하룻밤도 되지 않아 몸이 무거운 것을 느꼈을 텐데?"

무린의 말에 연후가 눈을 치켜떴다. 그 말을 듣고서야 자신의 몸이 이상타 여겨진 것이나 무상검결의 기이했던 반응이 모두 온전히 이해된 것이다.

그렇다고 해도 망균이란 것은 너무나도 뜬금없는 이야기일 수밖에 없었으며 이런 상황 역시 전혀 예기치 못했던 것이었다.

연후로서도 어찌 대처해야 하는지 전혀 알 수가 없는 상황.

"지금 네 몸에서 빼낸 것은 그냥 임시방편이야. 천목산에 있는 자들 누구 하나 중독을 피할 수 없으니까. 이 정도로 불어나면 앞으로 하루도 걸리지 않아. 그놈이 모인 자들의 내공을 모두 갉아먹는 시간이……."

멀찌감치 보이는 천목산 자락을 눈으로 가리키는 무린의 침중한 음성에 연후의 머릿속엔 수많은 의문들이 꼬리에 꼬리를 물고 떠올랐다.

하나 대체 무엇을 먼저 물어야 할지 모를 정도로 혼란스럽기만 했다.

"내력이 높은 무인들일수록 몸 안에 들어온 망균은 빨리 자라. 결국 내공의 높낮이완 상관없이 소실되는 시간은 별 차이가 없다는 거야. 그나마 안 쓰면 좀 더 버티게 될 뿐. 진짜 무서운 건 내공을 모조리 갉아먹어도 놈들은 사라지지 않는다는 거야. 몸속에 잠자며 이 사람 저 사람으로 옮겨 다녀. 중원 무인들이 어떻게 해 볼 수 있는 게 아니야."

무린의 나직한 음성에 추호의 과장도 없음이 느껴졌다. 하나 정작 연후가 이해 못하는 것은 그 망균이란 게 무엇인지가 아니라 왜 그런 것이 지금 이곳에 생겨났느냐 하는 것이었다.

"네 말이 거짓이라 여기진 않는다. 다만 대체 왜……?"

"글쎄. 그 이유야 지금 쫓고 있는 그놈을 붙잡아야 알 일이지. 그게 내가 지금 하려는 일이고."

무린의 대답에 연후의 표정이 굳어졌다.

그가 혹시 자신의 부친일 수도 있다는 말을 꺼냈음에도 불구하고 무린의 적의가 전혀 수그러들지 않았음이 느껴졌기 때문이었다.

그런데도 무린의 음성은 점점 더 차가워져 갔다.

"과거 망균이 중원 전역을 뒤덮는데 걸린 시간이 고작 삼 년 남짓이다. 이번 놈은 그보다 몇 배는 빠를 게 틀림없고. 더구나 이렇게나 많은 사람들이 모였으니……."

"무린! 네가 무엇 때문에 그것을 막아야 하는지는 모르겠지만……."

"모르면 나서지 마. 알면 지금 네 녀석이 얼마나 주제넘은 짓을 하는지 부끄러울 테니까."

"무린!"

연후의 음성이 높아졌지만 무린의 냉소는 멈출 줄을 몰랐다.

"다른 건 몰라도 망균만은 안 돼. 이건 절대 용서할 수 없는 일이야. 그 빌어먹을 것 때문에 세상이 어찌 변했는지 안다면 그런 말 못해. 이건 어쩔 수가 없는 일이란 말이야."

냉정했던 무린의 음성이 점차 감정을 따라 격앙되어 가다가 멈춰졌지만 그런 무린의 모습 또한 처음 접하는 연후이기에 너무나 낯설기만 했다.

하나 무린의 감정은 어느새 차분히 가라앉혀진 상태였고 다시금 서늘한 눈빛으로 말을 이어갔다.

"아무리 너라도, 아무리 네 부친이라도 안 돼는 건 안 되는 거야. 이건 용서할 수 있는 성질의 일이 아니야."

단호함을 넘어서 모든 것을 확정 지어 버린 무린의 음성과 태도에 연후 역시 잠시간 억눌러 왔던 감정들을 터트렸다.

사정을 정확히 몰라 옳고 그름의 잣대를 댈 수는 없었지만 자신의 부친과 둘도 없는 지기의 싸움이 벌어질 수 있는 상황이라면 당연히 만류해야만 하는 것이 연후의 입장인 것이다.

"무린! 정말로 그렇게밖에 말할 수 없는 것이냐?"

연후의 음성이 높아진 것도 무리는 아니었다.

한데 되돌아오는 무린의 눈빛에 연후의 온몸이 치떨리기

시작했다.

이제껏 그 앞에서는 단 한 번도 반응치 않았던 무상의 공능이 미친 듯이 온몸을 울렸다.

과거 당영령을 만났을 때도, 또 부친의 분노를 목도했을 때도 느낄 수가 없었던 소름끼치는 떨림.

아니 그것은 그저 떨림이라고 표현할 수도 없는 반응이었다.

무상검결이 울고 있다는 느낌이었다.

두려움에, 오직 그 하나의 감정에서 벗어나고 싶다고 처절하게 울고 있다는 느낌을 지우지 못하는 연후였다.

그 순간 무린의 눈에서 심연을 헤아릴 수 없을 정도 짙은 어둠이 뿜어져 연후를 휘감았다.

상상 속에서나 그려볼 수 있는 무저갱이 꼭 이러할까란 생각이 들 정도로 두렵기 만한 어둠 앞에서 무상의 공능마저 울다 지쳐 잠든 것처럼 고요해졌고, 연후의 의식은 잠시간 그 헤아릴 수 없는 어둠에 잠식되어 버렸다.

그 두렵도록 짙은 암흑 속에서 연후가 들을 수 있는 것은 너무나도 소름 끼치는 음성뿐이었다.

"뒤쫓지 마라!"

영원히 벗어날 수 없는 속박의 그물에 걸린 것처럼 귓가를 쉼 없이 울리는 그 음성에 연후는 온몸이 굳어진 석상처럼 꼼짝도 하지 못하고 그 자리에 서 있을 수밖에 없었다.

그때 무린의 신형은 이미 연후의 시야를 한참이나 벗어난 후였다.

천목산을 벗어나 안휘의 경계 어름의 이름 없는 산자락에서 연후는 그렇게 홀로 깨어날 수 없는 짙은 어둠에 잠기고 말았다.

천무의 주인, 자부의 문주 혁무린의 분노가 남긴 영능을 끊어내기에 연후의 깨달음은 아직 일천하기 짝이 없는 것이었다.

그렇게 다시 시간이 흘러갔다.

*　　*　　*

하오문의 문주 여운대가 총관인 노국종을 비롯한 문도들 백여 명을 앞세워 어둠이 짙은 산로를 타고 있었다.

비대한 몸집에 비해 여운대의 발놀림은 꽤나 가벼운 듯 보였지만 그의 얼굴엔 땀방울이 비 오듯 흘러내리고 있었다. 그뿐 아니라 토해지는 숨소리마저 너무나 거칠어 몇 겹이나 되는 그의 턱살이 한 번씩 숨을 내뱉을 때마다 부들부들 떨리기를 반복했다.

그런 상태로 급경사나 다름없는 험준한 산길을 한참이나 내려가던 여운대가 급기야 참지 못하고 더없이 거친 숨소릴 터트렸다.

"푸하, 헉! 헉! 헉! 젠장! 아직 멀었나?"

걸음을 멈추고 허리를 숙인 채 양손으로 무릎을 짚은 여운대는 헐떡이는 숨을 간신히 진정시키며 총관 노국종을 찾았다.

"조금만 더 가면 됩니다. 봉우리만 세 개만 더 넘으면 광덕입니다."

바짝 다가선 노국종이 어둠을 뚫고 서서히 여명이 밝아오는 전방의 산자락을 가리키자 여운대가 힘겹게 고개를 들었다.

"세 개? 저 산이 끝 아니야? 젠장할! 오늘따라 왜 이리 몸이 무거운 거야?"

여운대의 신경질 가득한 음성에 노국종의 조심스러운 핀잔이 이어졌다.

"몇 달 내내 관부 놈들과 술판 속에서 사시지 않았습니까? 다 자업자득이지요."

"크헐! 섭섭하게 왜 이러나? 나 혼자 좋자고 그런 것인가? 다 문도들을 위해 사업권을 따자고 살신성인한 것이지. 그나저나 광덕 쪽은 괜찮겠지?"

여운대가 서둘러 화제를 돌렸지만 노국종은 못마땅한 표정을 감추지 못했다.

그래도 하오문의 수장이며 문내 제일고수인 여운대가 수하들 앞에서 보이는 모습이 영 마땅치 않았기 때문이었다.

아무리 밤을 도와 달렸다지만 고작 산자락 몇 시진 타는 일을 못 견뎌 하니, 그래도 일류고수 소리를 듣던 문주가 그간 얼마나 놀고먹었으면 이리 되었나 싶은 것이었다.

그렇다고 해도 문주를 타박하고 있을 수만은 없었다.

만일 그가 없었다면 이렇듯 신속히 몸을 뺄 수도 없었을 것이란 생각 때문이었다.

"서호 쪽이야 절강의 위소 병력이 코앞이니 길을 막을 수 있었겠지요. 하지만 동천목 쪽까지 어림도 없습니다. 공주의 인질 사건을 미리 알지 않았다면 어찌 그럴 수 있겠습니까?"

노국종의 답에 여운대의 얼굴이 묘하게 일그러졌다.

"제발 그러길 빌어야지."

나직하게 흘러나오는 여운대의 말에 노국종의 얼굴에도 짙은 의문이 깃들었다.

"뭐, 다른 무언가 짐작되는 것이 있으십니까?"

"그냥, 감이지. 이런 건 그냥 감이지. 너무 빠르잖아. 항주에 내렸다는 삼만 병력도 아니고 절강의 병력이 기다렸다는 듯 서천목산을 에워쌌다는 게 무슨 뜻일까?"

"하면 설마 중살 그놈들이 조정이나 금군과 짜고 자작극을 벌였다는 말씀입니까?"

"그건 아닐 거야. 그런 거 치곤 너무 실감났잖아. 목불이란 놈 목 떨어진 거 봤지 않나? 육가 노인 팔 잘린 것도 그렇고. 검마, 벽마, 도성 어르신까지 나선 일인데 그게 어찌 다 짜고 벌인 일이겠는가?"

"하긴……. 그래도 이상한 점이 한두 가지가 아닙니다. 수십 년간 은밀히 움직이던 그놈들이 왜 이렇게 무모한 일을 벌인 것인지……."

"그러게나 말일세. 황실의 공주를 납치할 생각을 하다니. 정말 미치지 않고서야."

여운대의 의문과 씁쓸함이 뒤섞인 음성이 이어졌고 노국종 역시 조심스레 한마디를 더했다.

"소문처럼 공주와 비급을 교환해 자기 사문에 돌려주려 했던 것은 아닐까요?"

"어허! 정보로 먹고 산다는 본문의 총관이 그게 할 소린가? 정황상 보이는 일과 그 내막과 진실이 허다하게 다른 것이 강호무림일세. 딱 봐도 말이 안 되지 않는가? 뭔가 다른 것이 있어. 이를테면 우리가 짐작도 하지 못하는 무언가가……."

여운대의 목소리는 전에 없이 낮아졌고 그 표정 또한 너무나 심각했다.

그런 여운대의 분위기 때문인지 노국종 역시 눈치를 보지 않을 수 없는 상황이었다.

"저……."

"말하게."

"고민은 산을 다 넘으시면서 하시는 게……. 많이 쉬셨습니다. 수하들 보는 눈도 있고."

"크흠. 그, 그렇지. 가세."

두 사람이 그렇게 걸음을 옮기기 시작하자 앞서 있던 문도들 역시 다시 날랜 발걸음으로 산을 타기 시작했다.

그들이 비록 대부분 삼류무인 소리도 못 듣는 하오문도들이긴 해도 나름 수십만에 달하는 문도들 중 가려 뽑은 이들이었다. 하룻밤 산길 정도 타는 일에 지칠 이들은 없는 것이다.

그렇게 다시 이동하기 시작한 하오문도들의 걸음은 그리 오래 이어지지 않았다.

앞 서 날랜 발을 가진 이들 몇을 척후로 보냈었는데 그들이 헐레벌떡 되돌아와 문주 여운대와 총관 앞에 섰기 때문이었다.

"크, 큰일입니다. 새까맣게 모여 있습니다. 광덕부터 동천목 둘레로 최소 일만은 넘는 병사들입니다."

"그게 대체 무슨!"

전혀 예기치 못했던 상황에 여운대의 볼살이 부들부들 떨렸다.

"그게 다가 아닙니다. 금군이 점차 산 안쪽으로 포위망을 좁히고 있습니다."

"안휘와 강소의 병력으로 보입니다. 게다가 모두 쇠뇌로 무장까지 했습니다. 저희들 실력으론 죽어다 깨어나도 못 뚫습니다."

각기 다른 척후들의 연이어진 보고에 여운대는 물론 노국종의 얼굴이 창백하게 변해 버렸다.

혹시나, 혹은 설마 그럴 리야 하며 애써 외면하던 것들이 확신으로 변해가기 때문에 벌어진 표정의 변화였다.

항주 군선에서 내렸다는 삼만 병력, 그리고 그들이 도착하기 전 천목산을 에워싸기 시작한 또 다른 군사들.

그 목적이 고작 강호인들을 모아놓고 위협 따위를 하기 위해서라면 지나가는 개도 믿지 않을 일이었다.

게다가 공주의 인질 사건이라는 완벽한 명분마저 더해진 상황.

"노 총관!"

더없이 나직하게 이어진 여운대의 말에 노국종은 대답조차 할 수가 없었다.

"아무래도 우리 모두 좆 된 것 같네."

第三章

난맥(難脈)

새날이 밝았다.

유난히 파란 하늘은 물론이요 밤새 부쩍 떨어진 기온으로 인해, 또 그걸 체감하는 사람들로 인해 계절마저 훌쩍 건너뛰어 초겨울로 뒤바뀐 듯한 날이었다.

갑작스레 추워진 날씨 탓으로 돌리기엔 뭐하지만 과거 인부촌이라 불리던 승호부의 분위기가 심상치 않게 흘러가고 있었다.

"금군이 하산을 막아서 되돌아왔다고?"

"공주의 일 때문이라고 하더군. 혹 연루된 자들이 빠져나갈 수도 있어 내린 조치라 하는데 뭐라 하겠는가."

"허! 아무리 그래도 그렇지. 하면 사건이 종결될 때까지 모두 이 안에 갇혀 있으란 말이 아닌가?"

"관부 놈들이 우릴 우습게 아는 것이지!"

"옳소이다. 이참에 강호 동도들의 중지를 모아 놈들의 콧대를 눌러줄 필요가 있겠소!"

"그러게나 말이야. 애초에 관부의 행사에 이만큼이나 무림인들이 모인 것이 잘못이야. 그러니 관병 나부랭이들이 우릴 우습게 여기는 것이지."

"그래도 어쩌겠소? 저 안쪽에 있는 문파들이 먼저 나서야지. 우리가 목소릴 모은다고 금군이 눈 하나 깜짝 할 것 같소?"

"하긴……. 그나저나 대체 일이 어떻게 돌아가는지."

모이는 족족 두런두런 이어지는 대화들이었다.

그나마 그 정도는 간밤에 있었던 일을 되새기는 것뿐, 은밀히 떠돌기 시작한 이야기는 더욱 심각했다.

서호 지부의 관병들뿐 아니라 절강 도지휘사사 휘하의 금군 수천이 서호 쪽으로 통하는 길목을 완전히 막고 있다는 이야기나, 항주 쪽에 벌써 수만 명의 금군이 배편으로 하산하는 것을 보았다는 이야기.

동천목 쪽에도 그만큼의 금군이 산을 포위하고 있다는 근거 없는 소문들이 퍼지기 시작했으니 승호부의 분위기는 더욱 뒤숭숭할 수밖에 없었다.

근 일만에 달하는 무림인들이 모여 있는 승호부의 어수

선함은 뒤숭숭한 날씨와 소문이 더해지며 더욱 걷잡을 수 없이 커지고만 있는 상황이었다.

이런 때 객잔의 열린 창문을 통해 가만히 바깥의 정황을 지켜보고 있는 사내들이 있었다.

우람한 덩치에 한쪽 팔이 없는 중년 사내와 새까만 얼굴의 이족 사내, 도왕 금도산과 벽마 사다인이었다.

그들의 정체야 이미 퍼질 대로 퍼진 상황.

거기다 각기 두 사람의 무위를 목도한 이가 한둘이 아니니 벽마와 도왕이 자리한 쪽으로 누구 하나 감히 다가가 앉을 생각을 하지 못해 그쪽은 적막한 느낌마저 감돌았다.

그나마 멀찌감치 객잔 구석 자리에 삼삼오오 모여 있는 이들마저도 두 사람의 눈치를 보느라 말소리조차 크게 내지 못하는 때였다.

"무슨 걱정이 있습니까?"

열흘이 넘게 같은 숙소에서 머물다 보니 친분이 남다르게 쌓인 두 사람이었다.

본래 호방한 성격인 금도산이니 연후의 지기 사다인을 남이 아니라 여기는 것이 당연했고, 사다인 또한 전사의 긍지를 누구보다 높이 사는 인물이니 금도산의 과거부터 지금까지의 모습을 마음 깊이 존중할 수밖에 없었다.

거기다 중살이란 공동의 적까지 공유했던 두 사람이니 비록 짧은 시간이었지만 그 관계가 자연스레 깊어질 수밖에 없는 것이다.

당연히 평소보다 더욱 침중해 보이는 금도산을 보며 걱정이 이는 사다인.

"날씨가 춥구먼."

짧지만 굵은 금도산의 목소리에 사다인도 고개를 끄덕였다.

남만이 태생인 사다인이기에 중원의 추위가 더욱 혹독하게 느껴지는 것은 당연한 일. 사다인 역시 겨울이 성큼 다가왔다는 것을 체감하고 있었다.

도저히 반겨할 수 없는 계절이 온 것이다.

겨울을 떠올리면 오 년 전 유가장의 참화를 지울 수가 없으며, 그 무력했던 시절 스승 유한승을 잃어야 했던 고통이 되새겨지는 느낌이었다.

마음 같아선 당장에라도 다시 찾아가 중살이란 두 늙은 이들을 처절한 고통 속에서 죽어가게 만들고 싶었다. 아니, 죽기 바로 직전까지만 뇌전을 먹여주고 그 고통 속에서 발버둥치는 놈들을 한없이 비웃어주고 싶었다.

그렇게 해도 스승을 잃은 고통을 보상받을 수 없다고 여기는 사다인이기에 놈들을 금군에게 넘긴 것이 불만일 수밖에 없는 것이다.

하나 단목강과 연후의 뜻이 그러했다.

중요한 것은 지난 모든 사건의 전말을 파헤치고 그들의

죄를 자백받는 일이라고 했다.

그래야만 지난 세월 그들에게 억울하게 죽은 수많은 이들의 넋이 위로된다는 것.

머리로는 이해되도 감정으론 받아들이기 힘든 일.

두 사람의 만류가 없었다면 최소한 비무대 위에서 두 늙은이를 통구이로 만들어 버렸을 것이다.

하지만 결국 노기를 가라앉혀야만 했다.

금군에 두 늙은이를 넘겨주면서도 그 심정이 좋을 리야 없었지만 그래도 황실의 공주가 연루된 사건이니 최소한 살려 두진 않을 것이라 여겼기 때문이었다.

어찌 되었든 그 일을 끝으로 중원행을 택하며 이루고자 했던 것은 다 이룬 것이었다.

단목강이 무사한 것을 확인했고 그의 가문이 재건의 틀을 잡는 모습을 보았다. 거기에 스승에 대한 복수마저 끝을 냈으니 이제 남은 것은 그저 개인적인 바람뿐이었다.

중원의 최강자들을 모두 꺾고 그 위에 우뚝 서는 일, 한데 그것도 이제와 별 의미 없는 일이 되어 버렸단 생각이었다.

당장은 어떻게 해도 연후를 이길 수 없을 것이란 생각을 지울 수 없기 때문이었다.

하니 정점에 서지 못할 바에야 더 이상 비무대회 따위에 미련을 둘 이유가 없는 것이다.

이제는 정말 미련 없이 떠나는 일만 남았을 뿐인데, 그럼에도 무언가 찜찜하며 무언가 어긋났다는 생각을 지우지 못하는 것이 사다인의 솔직한 심정이었다.

지난밤 통 잠을 잘 수가 없었다. 어떤 일이 생길지 모르기에 늘 몸을 최상의 상태로 만들어 오던 사다인에게 그것은 꽤나 이례적인 일이었다.

단지 갑작스레 사라져 버린 무린과 연후 때문만은 아니었다. 뭔가 이상했다.

딱히 집어 낼 수 없는 불안감, 하여 개운치 못한 마음은 점점 더 커지기만 하는 때였다.

한데 마주앉은 금도산 역시 자신과 비슷한 분위기를 풍기고 있으니 사다인의 내심 역시 더욱 복잡한 상념으로 가득 찰 수밖에 없었다.

그렇게 마주 앉아 조용히 객잔 밖 승호부의 모습을 지켜보기만 하던 두 사람, 그 무렵 전혀 뜻밖의 이야기가 금도산을 통해 들려왔다.

"자네는 아는가? 내가 추위를 느껴본 것이 이십 년이 훨씬 넘었다는 것을?"

사다인의 눈빛이 크게 흔들렸다. 달라진 금도산의 어투에서 심상치 않은 이야기가 흘러나오려 한다는 사실을 본능적으로 느낀 것이다.

"본래 중원의 무인들은 자신의 무공 내력을 타인에게 밝히지 않는다네. 그 정도는 알고 있겠지?"

사다인은 대답할 필요를 느끼지 못하고 묵묵히 금도산의 눈을 응시했다.

그만큼 심각한 이야기란 뜻일 터.

"본시 내가 익힌 무공의 근간은 염왕진결이라는 것이네. 흔히 말하는 심법이니 신공이니 하는 것의 한 종류이지. 연후 그 아이에게 가르쳐 준 것이기도 하고."

"……."

"팔성의 성취를 넘어선 이십여 년 전부터는 운기를 하지 않아도 단 한 번도 추위를 느껴본 적이 없었다네."

금도산의 음성은 더욱 낮아졌으며 사다인 역시 그 말에 담긴 의미를 단번에 파악할 수 있었다.

내공을 익히지 않았다 뿐이지 평생의 염원이 중원 무학을 넘는 것이 목표였던 사다인이기에 그 기본 틀을 모를 리 없는 것이다.

말속의 의미만 살펴봐도 이십 년 이전의 수준으로 내력이 줄어들었다는 것을 의미하는 것.

"혹, 어제 비무대 위에서 제가 모르는 무슨……."

사다인으로선 그런 생각을 할 수밖에 없었지만 그럴 가능성이 전혀 없다는 것 역시 잘 알고 있었다.

군부의 장군이라는 자나 북원의 무장이라는 무린의 수하보다 금도산의 강함이 월등했으며, 그 직후 바지에 오줌까지 지린 화산파의 장문인 따위를 상대했다고 금도산이 부상을 당했을 것 같지는 않아서였다.

한데 이어진 금도산의 이야기는 사다인에게도 전혀 낯선 이야기였다.

"참 기이한 것은 말일세. 하단의 염왐진결이 약해진 것은 분명한데 중단의 화령지기는 너무나 멀쩡하단 말일세. 자넨 어떤가?"

금도산이 하나 남은 손바닥을 탁자 위에 올려놓았고 그 순간 그 장심에선 시뻘건 불길 한 줄기가 치솟았다가 사라졌다.

열기는 느낄 수 없었지만 귀화(鬼火)처럼 일었다가 사라진 강렬한 불꽃을 보며 사다인이 고개를 갸웃거렸다.

"어떻다니요? 대체 뭐가 어떻다는 말씀입니까?"

사다인은 솔직한 속내를 드러냈다.

확실히 중단전이니 상단전이니 하는 말은 알고 있었다. 하지만 내공심법조차 직접 익혀본 적 없는 사다인이기에 그저 단어만 알 뿐, 금도산이 묻고 있는 것이 정확히 어떤 의미인지를 파악할 수 없는 것이다.

그런 사다인의 대꾸에 금도산이 살짝 인상을 찌푸렸다 이내 자신의 실수를 인식했다.

"이런, 앞뒤를 다 잘라내고 말하니 이해를 못할 수밖에. 자네가 축기를 한 적이 없음을 간과했어."

"……"

"자네가 익힌 마군의 뇌신지기 말일세. 자네의 그 힘, 이곳에 모이지 않는가? 그 힘에 이상이 없냐는 말일세."

금도산이 탁자 위의 오른손을 거둬 자신의 명치 어름을 가리키자 사다인의 눈이 크게 흔들렸다.

중원인들에게 뇌령마군이라 칭해지는 부족의 수호령 이후 수백 년 세월만에 얻은 뇌신의 힘이었다.

한데 어찌 금도산이 뇌신지기에 대해 이렇게 자세히 알고 있는지 의아할 수밖에 없는 것이다.

하나 사다인의 의문은 오래가지 않았다.

"내가 익힌 화령 역시 그러하기 때문이지. 대자연의 근간을 둔 힘, 그런 종류의 무학을 중원에선 중단의 무학이라 한다네."

이 또한 언제가 들어본 적이 있는 말이기는 했지만, 뇌신의 힘이 중원 무학과 동류로 나뉠 수 있다는 사실에 크게 놀랄 수밖에 없는 사다인이었다.

"하면 우리 일족의 힘이 본래 중원의 것이란 말씀입니까?"

사다인에겐 꽤나 심각한 일이 아닐 수 없었다.

부족에 대한 자부심이 너무나도 큰 사다인이기에 수호령의 힘이 중원의 것이란 금도산의 말에 목소리마저 커졌다.

"그 시작이 어디서부터인지 누가 장담할 수 있겠는가?

나조차 내 힘의 근원이 어디에 있는지 확신할 수 없거늘."

"그게 무슨 말씀이십니까? 어르신께서 도제의 진전을 이었다는 건 밖에 있는 저치들도 다 아는 사실인데."

"글쎄, 그럼 그는 어디서 이 힘을 얻었을까?"

"……."

"그가 처음 만들었을까? 아니, 뇌령마군은 어떤가? 그가 직접 자네의 무공을 만들었을 것이라 생각하나?"

"고래로부터 내려오는 일족의 비술입니다. 까마득히 오래전부터 남만 수호령의 전설은 이어져 옵니다."

사다인의 확신에 찬 말에 금도산이 묵묵히 고개를 끄덕였다.

그리고 다시 이어진 침묵. 그 침묵을 깬 것은 다시 금도산이었다.

"사실은 말일세. 이곳 천목산은 내게 아주 익숙한 곳이라네. 어린 시절을, 그러니까 겨우 기억의 끝자락이나 잡을 법한 때를 이곳에서 보냈으니까. 선친께서 염왕진결을 얻은 곳도 바로 이곳이었지."

"무슨 말씀을 하고 싶은 것입니까?"

말이 겉도는 듯하자 사다인의 음성이 곤두섰다.

본래부터 그런 성격인지라 금도산 역시 그런 사다인을 타박하진 않았다.

"그냥 자넬 보니 이야기가 하고 싶어서였네. 이 근처 산자락 어딘가 지하 무덤에서 목이 잘린 유골 하나를 보았고 그 무덤 석벽에 새겨진 염왕진결을 얻으며 모든 것이 달라졌다네."

"그러니까, 왜 그런 말씀을!"

"실은 말일세. 그 염왕진결의 공력이 사라지고 있다네."

"네?"

"그 말 그대로라네. 이유를 알 수 없어. 그냥 사라지고 있는데 막을 방법이 없어. 운기를 하면 할수록 더욱 그 속도가 빨라지고……."

금도산의 낯빛은 너무나 어두웠다.

그럼에도 불구하고 당황한 기색보단 고뇌의 모습이 더욱 깊은 모습.

"독 같은 거 아닙니까? 산공독이란 게 있다고 들었습니다. 내공을 흐트러뜨리는……."

"그렇다면 모를 리야 없지. 아니, 산공독 따위가 아니라 그 어떤 절독이라 해도 지금의 나를 어쩌진 못한다네. 더군다나 중단의 힘만 유지되는 이 기이한 상황을 이해하긴 더 어렵고."

금도산의 눈빛에는 너무나 짙은 의문이 가득했고 이는 마주한 사다인이라고 해서 크게 다르지 않았다.

직접 내공을 익혀 본 적이 없으니 오히려 더욱 이해하기가 힘들 수밖에 없는 이야기였다.

다만 무언가 꺼림칙했던 기분이 어떤 불안감이나 확신으로 변해가는 것이 느껴졌다.

그 후로도 한참이나 두 사람은 다시 말이 없었다.

각자의 고민만 더욱 깊어진 상태로 그저 시간만 흘러갈 뿐, 한데 두 사람의 표정이 거의 동시에 변했다.

어수선한 승호부의 저자를 뚫고 단목강이 너무나 다급한 모습으로 달려오는 것이 보였기 때문이었다.

문짝이 떨어져 나갈 듯 밀어젖히며 객잔 안으로 들어선 단목강은 두 사람 앞에 멈춘 다음에도 인사조차 건넬 겨를이 없어 보였다.

"도왕 어르신. 사다인 형님. 놈들이……."

평소 보인 적 없는 거친 숨을 토하며 잠시 말을 끊은 단목강.

"중살 그놈들이 도주했습니다."

전혀 예기치 못한 상황에 와락 구겨지는 사다인의 얼굴.

"도주라니? 대체 금군 녀석들은 뭘 하고!"

"간밤에 두 사람이 감쪽같이 뇌옥을 벗어났답니다."

"그게 무슨 말도 안 되는!"

노기를 일으키며 자리를 박차고 일어선 사다인.

"설마 그놈이 이런 짓까지 벌일 줄이야!"

단목강 역시 울분을 참지 못하는 모습이었다.

아무리 그래도 자기 신분이 있는데 이런 무도한 선택을

할 것이라곤 상상도 하지 못했던 것이다.

일의 전말이 보고된다면 아무리 곽영이라고 해도 그 자리를 보전할 수 없을 만큼의 일이었다.

자운 공주의 인질 사건은 황실이나 관부의 인물들에겐 그만큼이나 커다란 사건인 것이다.

"제가 미욱했습니다. 차라리 지난밤에라도 문초를 했어야 했던 것을……."

하룻밤낮 동안 납치에 인질까지 되었던 자운 공주 때문에 새벽 나절이 돼서야 뇌옥을 찾았던 일이 이렇게 흘러갈 줄은 정말로 예기치 못했던 것이다.

하나 의외로 사다인은 쉽게 흥분을 가라앉혔다.

"차라리 잘됐다. 내 손으로 직접 놈들을 잘근잘근 씹어주지."

"……."

"그때쯤 알게 되겠지. 차라리 금군에게 죽는 것이 편했다는 것을……."

사다인이 단목강을 지나쳐 걸음을 옮기기 시작했다.

차분한 신색이었지만 그 눈은 그 어느때보다 살벌한 안광으로 가득했다.

단목강 역시 그런 사다인의 마음을 모르지는 않았지만 그보다 걱정되는 것이 있었다.

"형님! 어제 일로 천목산의 금군 전체에 금족령이 하달

되었습니다. 당장은 천목산 밖으로 나갈 수 없습니다."

혹여 금군과 사다인 사이에 불필요한 마찰이 생길까 이어진 음성이었다.

한데 그 순간 사다인의 표정이 더욱 차가워졌다.

"강아!"

"네, 형님!"

"나는 중원인이 아니다. 중원의 법으로 나를 막을 순 없다."

확고부동한 사다인의 음성에 단목강의 얼굴에 짙은 안타까움이 묻어났다.

이런 표정의 사다인이라면 그 어떤 일이 있어도 마음이 변치 않을 사람이란 것을 너무나 잘 알기 때문이었다.

그럼에도 금군과 사다인이 척을 지는 일을 두고 볼 수만은 없는 단목강이 다시금 사다인을 불러세웠다.

"형님! 잠시만 기다리시면 제가 나갈 수 있는 방법을……."

순간 사다인이 단목강의 말을 잘라 버렸다.

그리고 이어지는 너무나도 나직한 음성.

"네게 실망하게 만들지 말아다오. 무엇이 중요한지는 이 가슴이 아는 일이다."

사다인이 단목강의 눈을 지그시 쳐다본 후 금도산을 향해 고개를 가볍게 숙였다.

금도산은 그런 사다인에게 아무런 말도 꺼내놓지 않았다.

어차피 중살의 일은 연후와 그 친구들에게 맡겨두겠다

약조하였으니 자신이 끼어들 일이 아니라는 생각이었다.

사다인이 휙 하니 뒤돌아 나가자 단목강이 입술을 깨물었다.

그가 무엇을 이야기하는지 몰라서가 아니었다.

외려 그의 질책이 너무나 아프게 느껴지기 때문이었다.

당장은 가문 때문에, 또 당장은 자운 공주 때문이라고 매순간 변명하지만 어찌 말해도 지금 사다인이 옳다고 마음이 느끼고 있는 것이다.

그 순간 객잔의 열린 문을 향해 나아가던 사다인이 한마디를 남겼다.

"넌 공주 옆에 있어. 둘이 잘 어울리더라."

* * *

승호부가 뒤숭숭한 것 이상으로 천웅전의 분위기도 좋지 않았다.

조정으로부터 인정받아 붉은 배첩을 받고 그곳에 거하게 된 명문거파의 무인들에게 이번 천목산 영웅대회는 얻은 것은 없고 잃은 것만 잔뜩 남은 행사가 되어 가고 있었기 때문이었다.

구문오가라 불리며 강호무림을 영도해 왔던 무인들의 초라한 모습은 말할 것도 없으며 화산파의 경우 당장 문파가

와해된다고 해도 이상할 것이 없을 정도로 큰 타격을 입은 상태였다.

천 년에 이르는 강호무림사를 아무리 뒤진다고 해도 찾아볼 수 없는 초유의 사태를 맞은 화산파의 무인들은 그 부끄러움을 못 이기고 천웅관 숙소에 칩거하며 밖으로 얼굴조차 내밀지 못하는 처지였다.

명문대파의 수장이란 자가, 그것도 당대의 제일검이자 신검이란 칭호까지 듣던 장문인이 비무 중 두려움에 젖어 방뇨를 한 일은 그 어느 문헌이나 구전되는 이야기에도 없을 만큼 참혹한 일이었다.

도(道)를 버리고 세속을 택한 화산에게 이번 일은 도저히 회복할 수 없는 타격이 될 것이 너무나 자명한 바, 오죽했으나 문파 내에서 차라리 명예롭게 죽었으면 좋았을 것이란 성토까지 나오는 지경이었다.

때문에 벌써 속가나 방계 출신의 무인들은 천웅관을 도망치듯 떠나 버린 상태였고 그나마 남은 것은 본산의 제자들 십여 명과 폐인이나 다름없는 몰골로 칩거하고 있는 장문인 정사휘뿐이었다.

반면 그런 화산파와 오랜 세월 도가검종의 수좌 자리를 놓고 다투어왔던 무당의 입장은 전혀 달랐다. 이는 천웅전에 자리한 다른 문파들과도 확연히 달라 무당은 너무나도 평온하고 조용한 아침을 맞고 있었다.

무당이 그토록 차분할 수 있는 이유, 또한 다른 문파나 세가들의 동경과 선망이 될 수밖에 없는 이유의 중심에는 당대 천하제일인이라는 도성 무암 진인의 존재가 있었다.

그런 무암 진인이 모든 무당 제자들에게 예기치 못한 하교를 내린 것은 미명이 밝아오기도 전의 일이었다.

이곳 천웅관에 들어 무당에 합류한 후에도 일절 대소사에 관여치 않았던 무암 진인의 갑작스런 명에 새벽 댓바람부터 바빠질 수밖에 없는 무당의 도인들이었다.

오검이라 불리는 장로들과 일대제자 마흔아홉, 그리고 그 수발을 위해 따라온 수행제자 열 명까지 한 명도 빠지지 않고 한자리에 모이게 한 것이었다.

당연히 서야 할 번까지 불러들여 근 칠십에 달하는 무당의 제자들이 숙소 뒤편 자그마한 뜰에 모인 직후 무암 진인이 내린 명은 쉬 이해되지 않는 것이었다.

"모두 그 자리에 좌정하여 운기하거라."

너무나 뜬금없는 일이 아닐 수 없었으나 그 명을 내린 것이 장로들에게도 사조의 반열인 무암인지라 누구 하나 의문조차 구하지 못하고 서리까지 내린 바닥에 주저앉아야 했다.

그러면서도 혹 그간의 은거하며 얻은 깨우침을 내려주려는 것은 아닌가 하는 기대감에 들뜰 수밖에 없는 상황.

하나 무암 진인 또한 좌정에 들어가며 한마디를 더했을 뿐이었다.

"별 명이 없을 때까지 정심주행토록."

그 마지막 말을 끝으로 무당의 도인들 모두 운기에 들어간 것이 벌써 두 시진 가까이나 되어 가는 것이니, 그 시간 동안 무당파가 머무는 쪽에선 숨소리조차 흘러나오지 않을 침묵이 계속되었다.

그런 무당파의 동정을 심상치 않게 여긴 이들이 참지 못하고 하나둘 접근을 시작하려는 즈음이 되어서야 무암 진인이 먼저 자리를 털고 일어났다.

그렇다고 해도 별 다른 이야기가 없는지라 운기에 집중하지 못하면서도 여전히 좌공을 행할 수밖에 없는 것이 무당 제자들의 입장이었다.

"진아!"

그 즈음 무암 진인이 오검의 맏이자 이곳 천목산의 일 직후 대장로의 자리에 내정된 노도사 현진 도장을 호명했다. 전날 비무에서 연후에게 검이 잘린 수모를 겪은 이가 바로 그 노도인 현진이었다.

곧 고희에 이르는 노도사였으나 상대는 태사백 무암 진인, 외려 막 검을 잡았던 그 시절의 이름을 불러주니 반가운 마음까지 이는 노도장이었다.

노도장 현진이 일어서 무암 진인 앞에 더없이 조심스러운 공경을 담아 예를 취했다.

"태사백님! 하교하시지요."

한데 현진 도장으로선 전혀 예기치 못한 말을 들어야 했다.

"검을 펼쳐 보거라."

나직하지만 도저히 거역할 수 없는 무암의 음성 앞에 현진 도장은 감히 의문조차 표하지 못했다.

만인에게 도성이라 칭송받는 태사백이 사제들과 제자들이 지켜보는 앞에서 자신의 검을 펼치라는 이유엔 필시 깊은 곡절이 있을 것이라 믿었기 때문이었다.

당연히 고작 반 토막 난 자신의 송문고검이 보고 싶다는 말은 아닐 터.

노도장은 망설이지 않고 검을 뽑았다.

스릉!

맑은 검명이 울리고 검신의 중단이 매끄럽게 잘린 검 한 자루가 그 손에 들렸다.

전일 비무대 위에서도 볼 수 없었던 기백이 노도장의 전신에서 발해지자 제자들의 은은한 탄성이 뒤이었다.

하나 누구 앞이라고 이를 밖으로 내보내겠는가.

그 정도 수양이야 무당의 제자들에게는 당연한 것이었다.

반면 그런 현진 도장을 지켜보는 도성 무암 진인의 눈가에도 전에 볼 수 없었던 기이한 떨림이 일고 있었다.

다만 그 떨림이 다른 무당 제자들의 그것과는 전혀 다르게 보일 뿐이었다.

어찌 되었든 노도장 현진은 혼신의 힘을 다해 소천성(小

天星)의 검학을 펼쳐냈다.

이는 현진이 가장 자신 있어 하는 무당의 검공으로 그 근간은 칠성검에 있지만 태극혜검에 입문하기 위해서 반드시 거쳐야 하는 극상승의 검학이었다.

아직 턱없이 부족하다 여기는 혜검보다는 스스로 완성되었다 확신하는 소천성을 펼치는 노도장의 검은 무당의 검법을 대변한다고 해도 전혀 부족할 것이 없어 보일 정도로 유려하면서도 장중했다.

검신이 반 토막뿐이라는 것이 전혀 느껴지지 않을 정도로 고절한 검예가 펼쳐지는 동안 무암 진인은 내내 말이 없었고, 그 뒤편에 좌정하고 있는 무당의 제자들은 연신 경탄하며 소천성의 검예에 빠져들 수밖에 없었다.

이 자리에 십좌의 일인인 현운 도장을 제외하고는 현진 도장의 검학이 가장 높았으니 그런 장로의 검을 본다는 것은 그 자체로도 어마어마한 배움이었다.

하니 누구 하나 이를 놓치고 싶지 않은 것이다.

한데 그런 노도장의 검예가 어느 순간 흘러나온 나직한 음성에 딱 끊길 수밖에 없었다.

"그만."

무암의 예기치 못한 음성에 장내의 분위기는 찬물을 끼얹은 듯했으나 노도장 현진의 얼굴에는 일말의 아쉬움도 없었다.

아무리 최선을 다한 검이고 보는 제자들의 눈이 많다 해도 상대는 무당 검학의 끝을 새롭게 정립한 태사백이었다.

전혀 부끄러울 것이 없는 일이었기에 처음과 다름없는 담담한 태도를 보일 수가 있는 것이다.

한데 그 순간 현진 도장마저 당황하게 만드는 음성이 이어졌다.

"부러진 반을 채워 다시 펼쳐 보거라."

무암 진인의 말에 하마터면 처음으로 반문까지 할 뻔한 현진 도장의 눈가에는 짙은 의문이 서렸다.

부러진 반을 채우란 말은 공력을 올려 검기나 검강으로 검신을 대신하란 의미, 현진 도장 정도 되면 그것이 별다른 의미가 없다는 것을 모르지 않기에 생긴 의문이었다.

이전까지 펼친 소천성 역시 공력을 최대치로 끌어올린 것은 매한가지였다. 다른 것이 있다면 장소가 협소한지라 내력을 검신까지 올리지 않았던 것일 뿐.

하여 다시 펼친다 해도 별반 달리질 것이 없다는 것 정도를 무암 진인이 모르지 않을 것인데, 왜 이런 반복을 시키는 것인지 납득키 어려운 것이다.

그러나 이 또한 태사백의 명인지라 거부할 수 없는 일.

잠시 일었던 의문을 지운 현진 도장이 태청강기를 극으로 끌어올려 검신까지 흘려보냈다.

우웅!

익숙한 검명과 함께 검병으로부터 검신까지 순식간에 전해지는 푸르른 기운들!

한데 그 순간 현진 도장의 눈빛이 치떨렸다.

새벽 나절 운기를 시작할 때도 또 조금 전 검을 펼칠 때도 느끼지 못했건만 갑작스레 공력이 현저히 떨어졌음을 깨달은 것이다.

보란 듯이 검강을 일으킬 생각이었으나 턱없이 모자란 느낌을 지울 수가 없었다.

단전에서 검신까지 단번에 타고 올라야 할 공력이 허덕거리니 현진 도장의 얼굴은 순식간에 창백하게 변해갔다.

검학의 극예 중 하나라 칭해지는 검강지경의 무학을 펼치다 생긴 혼란과 잡념에 입마의 조짐까지 보이는 상황.

순간 무암 진인의 손끝이 검을 움켜진 현진 도장의 완맥을 가볍게 잡았다가 풀어주었다.

그제야 창백했던 안색이 제 빛을 찾을 수 있었지만 조금 전 겪은 일이 너무나 이해되지 않아 더더욱 의문 가득한 눈길로 무암을 바라볼 수밖에 없는 현진 도장이었다.

이유를 알지 못하지만 뭔가 이상하다는 것을 느낀 무당의 다른 제자들 또한 눈을 동그랗게 치뜨는 순간, 무암 진인의 더없이 나직한 도호가 허망한 읊조림이 되어 흘러나왔다.

"무량수불. 무량수불……. 허허…… 허허허허허……."

연이어진 허탈함 가득한 웃음소리가 무엇 때문인지 알

수 없었으나 그 안에 담긴 너무도 복잡한 상념들이 느껴진 무당 제자들은 더욱더 신중한 표정이 될 수밖에 없었다.

그리고 이내 웃음을 멈춘 무암 진인이 더없이 굳은 얼굴로 입을 열었다.

"나 무암. 삼십이대 장교이자 선문 무당의 호법 위를 승계한 도적을 걸고 명한다. 대장로 현진 이하 이 자리에 있는 무당의 제자들은 노도의 말을 추호의 의심치 말고 봉행하거라."

전대 장문이나 장로의 은거나 금분세수의 예우 때 사용하는 명문을 언급하는 무암 진인.

도적에 올라 있는 배분에 따라 그 아래 항렬의 제자들은 산문을 벗어나도 항렬을 예우해야 한다는 구절이 그것이었지만 이는 거의 사장된 것이나 다름없는 것이었다.

사실 굳이 그런 것을 들먹이지 않아도 무당파의 제자들 중 무암의 명을 거역할 이가 없음이 분명한데 이를 끌어왔다는 것은 그만큼이나 사안이 중차대하다는 말.

거기다 전에 없이 높아진 무암 진인의 음성마저 더해지니 긴장하지 않은 제자들이 없었다.

"지금 이 순간부터 절체절명의 때가 오지 않는다면 절대로 공력을 일으켜선 아니 될 것이며 그 어떤 분란도 허락지 않을 것이다. 노도의 지시가 있기 전까지 이곳을 중심으로 방진을 짜고 지금의 경계를 유지해야 할 것이다."

너무나 뜻밖이고 너무나 황당한 말인지라 그 말을 내뱉은 이가 무암 진인이라는 것마저 잠시 잊어버릴 정도였다.

현진 도장 또한 자신의 몸에 일어난 이해 못할 일과 태사백의 예기치 못한 말이 겹쳐지자 도저히 의문을 참을 수가 없었다.

"태사백! 대체 무엇 때문인지 가르침을 내려주십시오."

순간 다시 이어지는 무암 진인의 나지막한 음성.

"대장로. 지금은 내 말을 따라야 하네."

인자하지만 단호한 무암 진인의 말에 다시금 반문이 토해질 뻔했지만 마주한 무암 진인의 눈길을 보고 있자니 쉬 입이 떨어지지 않았다.

그 순간 무암 진인이 다른 도인 하나를 불렀다.

"운아!"

현운 도장, 천중십좌 중 가장 어리다고 알려져 있지만 도성 이후 무당제일검의 이름을 얻은 중년 도사가 어느새 무암 진인 앞에 예를 취했다.

"말씀하시지요."

"담장 밖에 기웃거리는 이들을 통해 각파의 좌장이나 세가의 가주들을 만나거라. 나 무암이 서둘러 보아야 한다고 전하고."

이 또한 전혀 예기치 못한 명이었으나 근 반년 이상을 호종하며 무암을 수행했던 현운인지라 망설임 없이 움직였다.

그런 현운 도장을 향해 무암 진인의 한마디가 이어졌다.

"시급을 다투는 일이며 우선 남궁가의 아이를 이곳으로 불러오너라."

"알겠습니다."

현운 또한 의문이 일지 않은 것은 아니었지만 자신 역시 운기 후 몸이 전과 달리 조금 무거워졌다는 것을 확연히 느끼고 있는 상황이었다.

필시 그 때문임이 분명한데 개인적인 의문에 매달릴 때가 아니란 생각이었다.

그러면서도 이런 때 굳이 청조 비무에서 패한 남궁인을 먼저 부르려는 이유 또한 궁금하지 않을 수가 없는 것이다.

하나 일단 명을 따른 후에 알 수 있는 일, 현운이 진기를 일으키려 할 때 귓가로 무암의 노성이 들려왔다.

"운아! 너 또한 무당의 제자이니 직접 다리품을 팔아야 할 것."

그 후 무암 진인은 여전히 영문 모를 표정을 짓고 있는 무당 제자들을 향해 입을 열었다.

"모두 일어서 검을 뽑거라."

역시나 이해 못할 참으로 뜬금없는 명에 주섬주섬 좌공을 풀고 일어서는 무당의 도인들, 이에 무암의 목소리가 전에 없이 높고 무겁게 이어졌다.

"살아서 다시 본산이 돌아가고 싶다면 지체 없이 따라야 할 터. 천지에 가득한 암운이 네놈들의 명줄을 끊으려 하는 때이니라!"

서릿발 같은 안광에 움찔한 도인들이 지체 없이 검을 뽑아 들자 청명한 검명이 퍼져 나갔다.

"명심, 또 명심해야 한다. 공력을 써야 할 때는 목숨이 경각에 달할 때일 뿐. 일대제자들은 대천성연환진을 반복하고 장로들은 유운검만을 되새기도록 하거라."

한 번의 호통이 효력을 발휘했는지 일대제자들이 순식간에 검진을 펼치기 시작했다.

장로들 또한 언제 배우고 다 잊었는지 까마득하게 기억나는 입문검인 유운검법의 기수식을 취했다.

그러면서도 여전히 무암 진인의 이해 못할 기행에 의문을 모두 지울 수는 없는 상황.

하지만 때마침 하늘을 올려다보며 한탄처럼 이어지는 무암 진인의 음성에 더 이상 의문을 가질 수는 없게 되었다.

"원시천존이시여. 부디 이들을 살펴주시옵소서. 영욕에 물든 빈도가 모든 죄업을 달게 받을 것이니 부디 이 아이들을 굽어 살피소서. 무량수불! 무량수불!"

第四章

숙원(宿願)과 천명(天命)

유기문이 정체불명의 괴노인을 쫓아 절강 땅으로 들어온 것이 벌써 하루가 지나 버렸다.

천무(天武)의 주인이니 천명이 어떻다느니 하는 소리를 내뱉고 도주하듯 몸을 뺀 괴인은 한참을 도망치듯 앞서나가다 갑작스레 나지막한 구릉에서 멈춰버렸다.

남으로는 험준하고도 높은 천목산의 산세가 보이고 등 뒤로 멀찌감치 황산의 형태마저 흐릿하게 보이는 이름 없는 둔덕에서 벌어진 일.

하지만 날이 새고 해가 서서히 중천으로 치닫는 시간이 지나도록 괴인도 유기문도 침묵 속에 그 자리를 지킬 뿐이었다.

두 사람이 몇 마디 대화를 나눈 것은 이곳에 도착한 직후의 일일 뿐.

“갈 길 바쁜 사람을 불러 세웠다면 이유부터 들어야 하지 않겠소?”

“기다리면 알 터. 그대의 천명을 완성시켜 줄 상대가 곧 이리로 올 것이다.”

그 후부터 날이 새도록 말없는 대치를 이어오고 있는 것이다.

하나 유기문은 별다른 표정의 변화 없이 평온한 얼굴로 기다릴 뿐이었다.

진실과 거짓을 구분하는 눈을 지닌 유기문이기에 눈앞의 괴노인이 헛된 말만을 지껄이고 있지 않다는 것을 파악할 수 있었다.

물론 괴인의 경지를 감안한다면 그 정도 속이는 것이야 어려울 것도 없다는 것을 알고 있었으나, 적어도 천명이란 말을 꺼내던 그 눈빛 속에서 읽은 진심만은 충분히 느껴졌다.

천목산의 일이 걸리긴 했으나 그 일 또한 최소한 수삼일의 여유가 있는 터였고, 또 서두른다고 될 일이 아니기에 조급함을 가질 이유가 없었다.

하여 느긋한 마음으로 괴인을 살피며 시간을 보낼 수 있는 것이다.

그런데 아무리 살피고 살펴도 이상할 수밖에 없는 존재가 눈앞의 노인이었다.

입고 있는 허름한 잿빛 승복과 긴 머리카락을 한데 틀어 올려 묶은 뒤 그 위에 뒤집어쓴 도관의 부조화는 눈살을 절로 찌푸리게 했으며, 그런 모습으로 목에 걸고 있는 기다란 염주알을 한 손에 쥐고 지난밤 내내 하나씩 굴리고 있는 노인의 모습에선 불성에게서나 느낄 수 있는 고승의 풍모마저 느껴졌다.

도사인지 중인지 모를 참으로 기이한 노인.

한데 그것과는 또 너무나 상반되게 짙은 혈향이 풍기며 알 수 없는 위화감마저 감지할 수 있으니 노인을 살피는 유기문의 눈이 마냥 무감할 수가 없는 것이다.

아무리 고쳐 생각해도 괴노인과 자신의 접점이라곤 익히고 있는 무학의 본류가 비슷하다는 것뿐.

하지만 그마저도 자세히 살피니 동류라 할 수 없는 부분이 상당해 더더욱 그 정체에 관한 의구심이 커질 수밖에 없었다.

특히나 단의 형태로 자리 잡은 하문의 내력을 제외하면 중문이나 상문으로 소통하는 내기의 움직임이 자신과는 전혀 달라 같은 무학을 연성한 것이 아니라는 결론마저 내릴 수 있었다.

흡사 하단전의 내공을 통째로 드러낸 뒤 그 자리에 내단

형태의 새로운 단전을 박아 넣은 것 같은 모습의 노인, 거기다 중단은 아예 개문(開門)했던 흔적조차 없고 상단의 영능 역시 무언가 짙은 악의(惡意) 같은 것으로 둘러싸여 있어 유기문 자신이 익힌 금령(金靈)과는 전혀 달랐다.

그럼에도 처음 괴노인을 접하며 느꼈던 흡사함의 원인도 알 수 있었다.

이는 유기문이 근자에 들어서야 그 끝자락을 붙잡게 된 공령지도(空靈之道)의 향기 때문이었고, 분명 노인에게선 선계의 문을 열어보았던 자의 흔적이 느껴졌다.

스스로 다다랐기 때문에 알 수 있는 사실, 등선과 초탈하고픈 어마어마한 욕구를 간신히 참아낼 수 있었던 유기문에게 그 경지를 본 또 다른 이를 만났다는 사실만으로도 적지 않은 충격인 것이다.

영육이 분리되는 고통조차 우습게 여길 정도의 유혹이 바로 탈각의 욕구이며, 이는 금령의 굳건함이 없었다면 결코 견뎌낼 수 없었을 것이다.

다시 그 길을 밟아 보겠다는 생각마저 드는 것이 두려울 정도로 크나 큰 유혹이 바로 탈각의 유혹일진데, 자신보다 먼저 그 길을 보았을 법한 괴노인을 어찌 무시할 수 있겠는가.

결국 괴노인이 원하는 시간을 기다릴 수밖에 없는 것이다.

그러면서도 한 가지 자신하는 것은 만일 눈앞의 괴노인

이 적이라면 그를 벨 수 있다는 것이었다.

세상을 보는 눈이라 칭해진 관(觀)을 완성한 후 보이기 시작한 흠(欠)과 결(缺)은 그 어떤 상대라도 벨 수 있는 길을 보여주었고 그것이 보이는 것은 괴노인에게도 마찬가지였다.

언제든지 벨 수 있는 상대라 자신하기에 두려울 이유 또한 없다 여기는 것이며 그렇게 시간이 흘러 날이 밝은 것이다.

그면서도 유기문은 그간 너무나 바쁘게 지내온 일들을 하나하나 되짚는 시간을 보냈다.

계획했던 수많은 일들이 종종 어긋나기도 했지만 결국 커다란 흐름을 벗어나진 않았으며 서서히 밑그림이 완성되어 가는 단계였다.

이미 대륙 곳곳에 변화의 조짐들이 가득하니 태공공 사후 권력에 기생하던 탐관오리들이 숙청되는 것을 시발점으로 백성을 귀히 여기는 것이 근본임을 새로이 배운 학자들이 하나둘 탐관의 자리를 대신하기 시작하는 때였다.

공부(孔府)에 머물며 수많은 학자들을 일깨우며 보낸 수년의 세월이 결코 헛된 일이 아니었음을 확인하는 대목이었다.

거기에 천하상단의 와해 직후 난립하기 시작한 거상들의 손발을 강제로 묶는 일이 어느 정도 성과를 보여 소상인들과 봇짐장수라 불리는 장사치들이 금전과 물산에 흐름을 볼 수 있는 안목을 갖추게 되었다. 앞으로도 더욱 그들이 자생할 수 있는 틀을 만들어 주어야만 했다.

이제 황실을 움직여 전매권을 폐지하고 거대 상단의 뒷배를 든든히 봐주던 강호문파들의 힘을 무력화시키게 된다면 유기문 개인의 복수는 물론이요 천하대계를 위한 가장 지난했던 일 하나가 완전히 마무리되는 것이다.

그렇다고 해도 갈 길이 너무나도 멀었다.

천목산의 일이 모두 끝나면 조정과 군부를 장악한 곽영을 통해 명촌(明村)에서 시도하여 성공을 보았던 새로운 관리 임용 제도를 각 지방에 뿌리내릴 생각이었다.

관부의 일을 대신하되 통치자로서가 아닌 백성의 대리인으로서의 관리, 당연히 민본은 대륙과 백성을 지배하는 근본의 이념이 되어야 한다는 생각이었다.

이 과정이 얼마나 걸릴지는 유기문 스스로도 확신할 수 없었다.

이제껏 대륙을 지배했던 자들이 자신의 것을 토해내지 않을 것은 뻔한 일, 당연히 반발할 것이 예상되지만 그 시간들을 곽영의 무력으로 강제할 생각이었다.

해서 하북의 병력을 키우는데 최선을 다했다.

어쩌면 그저 자기 것을 지키려는 무고한 자들을 죽이는데 그 칼이 사용될 수도 있다는 생각이었다.

하나 기존 질서의 붕괴는 강력한 파괴 없이 도저히 이뤄낼 수 없다는 결론을 내릴 수밖에 없었다.

필요악이라 해도 결국은 죄업.

그것 또한 자신이 짊어져야하는 일이라 여기는 유기문이었다.

결국 숱한 피를 보아야 할 일, 하나 언제가 되어도 흘릴 피라면 피할 수는 없었다.

결국 인내와 세월의 싸움이었다.

지금 이 땅에 살고 있는 모든 이들이 천수를 다한 뒤에도 이뤄질 수 있을 것이라 장담할 수 없는 일, 하지만 자기가 존재하는 동안 최선을 다해 앞당기고 싶었다.

그저 태어난 죄로, 부모의 가난이 죄가 되며 천형이 되는 이 세상에, 그로 인해 금수처럼 살아갈 수밖에 없는 이 땅의 수많은 민초들에게 새로운 삶과 꿈을 꾸게 만들어 줄 것이라 다짐했다.

그저 먹고살기 위해 사는 삶이 아닌, 그저 죽지 못해 살아가는 이들의 삶이 아닌 새로운 꿈.

인간이라면, 사람이라면 그렇게 살아서는 안 되는 것이며 누구나 그렇게 살지 않을 권리가 있는 것이다.

그것이 바로 민본.

하나 지금의 세상은 어떠한가.

꿈도 없고 미래도 없이 그저 연명하기 위해 사는 이들이 대부분이었다. 그것은 금수의 삶이고 그들이 가득한 세상은 금수의 세상이지 사람의 세상이 아니었다.

배를 곯기 싫어 부모가 자식을 내다 파는 세상, 입 하나 줄이고자 늙은 부모를 산길에 버리는 세상. 역병 하나 발생했다고 마을 주민 전체를 불태워 죽이는 이 무도한 세상이 어찌 사람의 세상이겠는가.

천자라 자칭하는 황제가 군림하며 만든 이 세상은 너무나 잘못되어 있었다.

그것은 확신이었다.

그리고 모든 잘못된 것은 바르게 되어 가는 것이 천리이며 순리라 믿는 것이 유기문이었다.

유기문이 하고자 하는 것은 그 천리와 순리를 빠르게 돌리려는 것뿐, 해서 생기는 모든 죄악을 스스로 떠안으려 마음먹었기에 거칠 것도 없고 망설일 것도 없는 것이다.

다만 하나, 지금 눈앞의 괴노인을 간과할 수 없는 것은 공령지도의 끝을 붙잡은 순간 얻은 하나의 깨달음 때문이었다.

순리가 모두 천리가 아니며 역리 또한 천리일 수 있다는 전혀 새로운 깨우침.

결국 하늘의 도는 너무나도 깊고 넓어, 감히 예단하고 재단하려는 순간 본래의 순행이 어찌 뒤바뀔지 아무도 모른다는 이치를 알게 되었다.

하나의 흐름으로 귀결되지 못하는 천리는 그것을 막고

또 그것을 진행하려는 대립 속에 존재한다는 것.

하니 천리를 움직여 이 세상을 바꾸려는 자신의 뜻에 반하는 누군가가 반드시 존재할 수밖에 없다는 필연의 법칙이 있었다.

그것이 눈앞의 노인이 언급한 천명과 상통하는 부분이 있어 더더욱 노인을 경시할 수 없는 것이다.

그런 복잡다단한 생각들을 정리하는 유기문이었지만 그 모습은 너무나도 평범해 보였다.

여느 학당에서 흔히 볼 수 있는 글방 선생의 모습과도 크게 다르지 않으니 누구라도 유기문의 진체를 알아채기 힘든 일이었다.

그러니 면식조차 없는 괴노인의 행사에 또한 유기문이 쉬이 따른 것이다.

그렇게 한정 없이 시간이 흐르는 듯 느껴지던 어느 순간 마침내 먼저 괴노인의 입이 열렸다.

"그를 죽여야 하네. 그가 죽지 않고는 아무것도 할 수 없어. 그분께서 내게 늘 하신 말씀이지. 그것이 죽어가는 나를 살린 그분의 의지이고……."

그 순간 부릅떠진 유기문의 눈빛!

이 정도의 경지에 다다른 괴노인이 또다시 공대를 사용하는 존재가 있다는 사실에 놀라지 않을 수 없는 상황.

"저기 오시는구먼. 오셨네. 오셨어! 나의 번뇌를 깨어 구도의 길을 보여주신 분께서 오시네."

날카로운 눈으로 사방을 살피는 유기문.

하나 보이는 것도 온다는 존재도 전혀 느낄 수 없는 상황에 황량한 초겨울의 바람만 느껴질 뿐이었다.

순간 너무나도 깊어진 눈길로 사방을 살피는 유기문, 관(觀)을 열어 눈으로 볼 수 없는 모든 영역을 관찰하기 시작한 것이다.

그리고 머지않아 유기문의 눈빛과 얼굴이 삽시간에 굳어질 수밖에 없었다.

희뿌연 연기 같으면서도 흡사 맑은 물을 보는 듯 투명한 무언가가 놀라운 속도로 창공을 날아오고 있는 것이다.

절대 육안으로는 볼 수 없는 것이었으며 막연히 공령지도의 끝을 보게 되면 그럴 수 있지 않을까 하고 상상 속에 그려보던 자신의 형체와도 너무나 흡사한 것이었다.

그 희뿌옇고 투명한 물체가 괴노인의 머릿속으로 빨려들듯 사라지는 순간 유기문은 다시 한 번 전신이 미약하게 떨리는 것을 느낄 수밖에 없었다.

도저히 상리로는 이해할 수 없는 상황.

이제껏 짐작했던 것과는 또 다른 일이 벌어질 수 있단 생각에 전에 없는 긴장감마저 감도는 눈빛이었다.

그 순간 또 한 번 유기문의 예측을 빗나가는 일이 벌어졌다.

괴노인의 입이 아닌 머릿속으로 직접 전해지는 음성.

"드디어 만나게 되는군요. 이자가 방해치 않았다면 우린 더욱 빨리 만날 수 있었을 터인데……."

너무나도 맑은 여인의 음성에 실린 청아함에 유기문은 한동안 말문을 잃은 채 괴노인을 바라보고 있어야만 했다.

*　　　*　　　*

군부의 장수들에게 배정된 백양전의 밀실 안에서 나직한 음성이 이어지고 있었다.

"곽 장군, 대인께선 아직이오?"

"그것을 제가 어찌 알겠소?"

침통한 표정으로 입을 여는 괴개나 무표정한 얼굴로 답을 하는 곽영, 그리고 그들의 대화를 지켜보는 독마 갈목종 모두 유기문을 기다리고 있었다.

망균의 원정을 품고 있던 당영령이 밖으로 나온 것으로 인해 모든 계획들이 앞당겨져 버렸다.

이제 사실상 비무대회는 아무런 의미가 없는 일이 되어 버린 것이다.

이곳에 있는 무림인들이 사실을 알기 전에 변수에 대한 새로운 대처가 필요할 때였다. 하니 유기문을 기다리는 독마나 괴개의 마음은 다급할 수밖에 없는 것이다.

반면 곽영은 너무나 침착한 얼굴로 이 사태를 대하고 있어 외려 두 사람에게 원망의 감정마저 불러일으켰다.

"곽 장군의 죽마지우라기에 믿었던 것인데, 설마 그자가 지하 밀실을 열 것이라곤……."

"갈 문주. 이제 와 누구 탓을 하면 무엇하겠소. 사람을 쉬 믿은 우리들의 불찰도 큰 것을."

문제를 제기하는 독마나 이를 만류하는 괴개 모두 곽영의 경솔함을 문책하고 있는 것이 분명했지만 곽영은 이를 듣는 둥 마는 둥 했다.

그런 곽영의 태도가 더욱 갈목종의 노기를 자극했다.

"흠흠! 곽 장군. 지금의 그대가 있는 것이 모두 대인 덕임을 아는데 대계를 그르칠지도 모르는 이런 때에 너무 태평한 것이 아니오?"

대놓고 곽영을 몰아세워 보지만 역시나 곽영의 표정은 별반 다르지 않았다.

그러자 괴개 역시 괘씸한 마음을 지우지 못하고 독마를 거들고 나섰다.

"환관의 수족 따위를 본회에 불러들였다면 최소한 책임은 져야 할 일이 아니오? 내 대인께 이번 일을 반드시 알려……."

"쫑알쫑알 말이 많아."

괴개의 말을 자르며 흘러나온 곽영의 음성에 두 사람 모두 두 눈을 치켜떴다.

아무리 그가 병부의 수장이고 금군의 통수권자라 해도 지금의 그를 만든 것은 대인 유기문이 있었기 때문이다.

그런 유기문의 수족과 같은 자신들에게, 더구나 그로 인해 대계가 무너질 수도 있는 상황에 이런 태도를 보이니 더없이 노기가 치솟을 수밖에 없는 것이다.

하나 곽영은 눈도 깜짝하지 않고 서늘한 음성을 이어갔다.

"뭐가 어쨌다는 건가? 어차피 사라질 강호라면 무인으로서 죽는 것도 좋지 않냔 말이다."

"감히!"

"이놈!"

동시에 터져 나온 독마와 괴개의 노성.

하나 곽영은 오히려 조소를 내뱉었다.

"분노를 담은 일수조차 뻗지 못하는 그대 둘은 무인이 아니야. 최소한 음사 그 녀석은 숨어 사는 게 부끄러운 줄은 아는 녀석이고."

독마와 괴개가 도저히 참을 수 없다는 눈빛을 교감하는 가운데에도 곽영의 음성은 계속되었다.

"마지막 공력을 그대들 같은 퇴물들과 나누고픈 마음은 없다. 곧 비무가 속개된다. 억울하면 그 위에 서도록."

곽영은 휙 하니 돌아섰다.

괴개와 독마는 분노에 몸을 떨 뿐 감히 그를 불러 세울 수가 없었다.

일왕각의 지하 밀실도 아니고 금군의 장수들이 지척에 있는 백양전에서 곽영과 싸울 수는 없는 일이었다.

아니, 꼭 장소의 문제가 아니더라도 대계의 큰 축을 담당하는 곽영과 이런 때에 척을 질 수는 없다는 사실이 두 사람을 더욱 화나게 했다.

당장은 자운 공주의 등장으로 인해 더 이상 자유롭게 지하 밀실을 이용할 수 없는 상황까지 더해졌으니 결국 유기문이 이곳에 오기만을 기다려야 하는 것이다.

하여 노기를 억지로 참으며 곽영의 등판을 쏘아볼 수밖에 없는 두 사람, 그때 다시 곽영의 나직한 음성이 두 사람에게 이어졌다.

"그리고 그 녀석. 이 세상에 남은 유일한 지기였어. 대인이 아니었다면 네놈들, 내 손에 죽었어."

곽영은 그 말을 남기고 자신의 거처를 나가 버렸다.

그러자 황당한 표정이 된 독마와 괴개는 서로의 얼굴을 마주 볼 수밖에 없었다.

북방 전장의 악귀라는 곽영의 참으로 느닷없는 말에 어이없어 하면서도 그의 갑작스런 노기에 전에 없는 호감까지 생기는 두 사람인 것이다.

"허허! 언제 그자가 죽었다고 말했는가?"

"아닙니다. 정신을 잃은 걸 발견해 밀실에 눕혀 놓았습니다. 죽이고 싶긴 해도 어찌 그러겠습니까? 하루 이틀이면 알아서 깨어날 것입니다."

"이것 참! 하면 알려줘야 하는 거 아닌가?"

"괴개 어르신. 그럴 필요까지야 있겠습니까? 저리 괘씸하게 나오는데 뭐하러 그럽니까? 어차피 먹을 것도 충분하니 깨어나면 지가 알아서 하겠지요. 그보다 차라리 대인을 빨리 찾아보시는 것이……."

"허허, 어디 있는 줄 알고 찾는단 말인가? 언제나 그렇듯 필요할 때가 되면 나타나 주시겠지."

* * *

절강 포정사의 포고령이 내려져 정오부터 다시 무림대회가 열린다는 소식에 다시금 천목산이 들썩였다.

황족의 인질 사건이라는 엄청난 일이 벌어졌음에도 불구하고 신속히 내려진 이번 결정에 너나없이 반겨할 수밖에 없는 일이었다.

다만 아직 배후가 확실히 밝혀지지 않았으니 무림왕이 뽑히기 전까지는 금족령이 불가피하다는 첨언이 가미되었지만, 그야 어차피 영웅대회를 보기 위해 모인 이들이 태반인 상황에 전혀 문제될 것이 없었다.

외려 조정과 관부의 양보가 있는 모양새인지라 무림인들의 기분마저 으쓱하게 만드는 조처였다.

그 때문에 이전의 어느 때처럼 중청 광장으로 사람들이 속속들이 모여들기 시작했으며 그 분위기는 쌀쌀해진 날씨가 무색할 만큼 달궈질 수밖에 없었다.

그런 무림왕성 안팎의 분위기와 달리 구문오가를 주축으로 한 무림의 실세들이 머물고 있는 천웅관의 분위기는 기이한 침묵에 휩싸여 있었다.

이른 아침나절 도성 무암 진인이 갑작스레 각 가문과 문파의 좌장들을 소집한 가운데 그들이 되돌아오지 않고 있으니 너나없이 조심스런 몸가짐을 할 수밖에 없는 것이다.

물론 천웅관에 거하는 모든 세력들이 무암의 호출을 따른 것은 아니었다.

대표적으로 화산파의 경우 장문인 정사휘가 거의 정신줄을 놓고 있는 지경이라 마땅한 대표가 없어 참여치 못했으며, 당가의 경우 갑작스레 나타난 대모 당영령의 일로 정신이 없는지라 사람을 보낼 형편이 못되었다.

게다가 단목세가의 가주 단목중경이나 가신들의 경우 자운 공주의 청에 의해 일왕각으로 거처를 옮긴 상황이니 도성의 부름에 답할 수가 없는 없었다.

한편 그 무암 진인을 비롯한 이십여 명의 강호명숙들이 모두 자리 잡은 곳의 분위기는 너무나 무거웠다. 모인 이들 모두가 앉기에도 비좁은 방 안에 있으면서 하나같이 경악에 물든 표정과 침통한 표정을 짓고 있는 것이다.

이는 구정회로 대변되는 구대문파나 오수련이란 이름으로 뭉쳐 있던 세가 연합의 누구도 예외가 될 수 없었으며, 곁다리로 자리를 잡게 된 몇몇 중소방파의 수장들 역시나 다를 수가 없었다.

오직 놀람과 당황함만이 가득한 비좁은 방 안, 그 안에서 다시금 무암 진인의 음성이 흘러나왔다.

"……. 빈도의 말은 이것이 마지막이외다. 믿지 않는 분들은 각자 처신하시되 부디 앞날에 무운이 깃들기를 바랄 뿐이외다."

너무나 엄청난 이야기인지라 누구 하나 선뜻 반문조차 하지 못하는 상황.

망균이라니.

강호를 멸망시킨 망공독황의 저주가 현세했다는 무암 진인의 이야기에 모두가 넋이 나간 얼굴일 수밖에 없었다.

그 말을 내뱉은 것이 무암 진인이 아니었다면.

천하제일인이라 칭송받던 그가 조정의 행사에 몸을 드러냈다는 비아냥거림마저 감수한 채 이곳에 선 진짜 이유를 알게 되었으니 모두가 납득하지 않을 수가 없었다.

거기에 더해 몸소 공력의 소실을 증거한 남궁가의 소가주와 소림의 나한당주 원공 대사가 무암 진인의 말을 입증하고 나섰으니 도무지 믿지 않을 수가 없었다.

이미 이기성강의 경지에 오른 것을 세상이 알고 있는 두 사람이 하루 새 공력이 소진되어 버린 것을 확인시켜 준 상황.

더군다나 자신의 몸이 전날에 비해 무거워진 것을 모두가 공감하는 때에 이어진 일이니 누구도 무암 진인의 말에 의구심이나 반론조차 꺼낼 수가 없었다.

그럼에도 너무나 엄청난 이야기인지라 누구 하나 앞으로 이 일을 어찌 타개해야 할지 몰라 너무나 혼란스러운 상황.

하니 그저 최대한 제자들을 다독여 속히 이곳 천목산을 빠져나가야 하며 추후에 대처 방법을 마련해야 한다는 무암 진인의 말을 따를 수밖에 없다는 생각이었다.

그때 누군가가 나섰다.

"독마 갈목종! 그자를 잡아들여야 합니다."

그 한마디의 파급은 상당했다.

모두가 쉬 떠올리지 못했지만 독마가 천독문의 후예이며 이 천독문이 과거 망공독황의 후신임을 자청했다는 사실을 떠올린 것이다.

당연히 이번 일과 독마의 행위에 연관점을 의심할 수밖에 없는 상황!

그게 아니더라도 최소한 이 자리에 있는 이들보단 망공의 저주에 대해 잘 알고 있으리란 생각이었다.

"관부에서 가만히 있겠소?"

"지금 이 판국에 관부의 눈치 볼 일 있습니까?"

"그렇소. 본 문에서, 아니, 내 직접 나서겠소."

"아미타불! 본사 역시 거들 것입니다. 곽 장군과 소림은 외인이 아니니……."

"하면 문제될 것이 없겠구려. 불성의 제자를 자처한 곽 장군이 설마 소림의 행사를 막겠습니까?"

"그럽시다. 이러고 있을 시간도 아깝소이다."

웅성대며 이어지던 대화들이 어느새 하나로 귀결되었다.

강호무림이 아무리 저마다의 이익 앞에 사분오열되는 모습을 보였다 하더라도, 이러한 공동의 위기 속에서 합일하는 힘 또한 놀라운 것이었다.

하나 그러한 중지를 제지한 것은 또한 이 자리를 만든 무암 진인이었다.

"잠시만 자중들 하시오. 운아!"

술렁이던 좌중을 음성 하나로 가라앉힌 무암 진인이 현운 도장을 부르자 문밖에서 나직한 응대가 이어졌다.

"네, 태사백. 하교하시지요."

"그를 들라 이르거라."

"네. 안으로 드시지요."

방 안을 가득 채운 사람들 사이로 이어지던 대화가 끝나고 문이 열렸다.

당연히 좌중의 눈이 열린 문으로 향하였고 그 순간 모두가 고개를 갸웃거릴 수밖에 없었다.

대부분이 알아보지 못하는 인물이며 그 정체를 아는 이조차 저런 자가 어찌 이 자리에 있는지 고개를 갸웃거릴 수밖에 없는 인물이 그곳에 서 있었기 때문이다.

비대한 체구에 꼭 두꺼비를 연상시키는 중년 사내가 조심스레 들어선 뒤 문을 닫았다.

그리곤 방 안에 있는 이들을 향해 포권을 취했다.

"하오문을 이끌고 있는 여운대라 합니다. 보시다시피 금전돈이란 별호와 제법 어울립니다."

평소 관부나 조정의 인사들을 수시로 상대해 온 여운대인지라 강호명숙들 앞에서의 처신도 매끄러웠다.

당연히 하오문의 문주 따위가 이 자리에 낄 수 없다는 것 역시 잘 알기에 더욱 몸을 낮추는 것도 잊지 않은 것이다.

그럼에도 너무나 격이 떨어지는 인사인지라 그를 부른 이가 도성이 아니라면 불만 어린 한소리가 나왔을 것이 틀림없는 때였다.

하나 지금만큼은 그럴 수 없다는 것을 모를 정도로 아둔한 이가 없으니 다시금 무암 진인의 나직한 음성이 방 안을 울렸다.

"여 문주는 아침에 내게 한 말을 다시 해 보시게."

"네, 도성 어르신."

여운대가 황망하다는 표정으로 도성을 향해 고개를 꾸벅 숙인 뒤 허리를 꼿꼿하게 폈다.

쏘아지는 시선들이 누구 하나 부담스럽지 않은 것은 없었으나 이 자리에서만큼은 당당해야 한다는 것을 알기 때문이었다.

"이틀 전 항주에 군선 팔십두 척이 정박하였습니다."

"……!"

"하선한 금군의 수는 삼만가량으로 그들이 이곳까지 당도하는데 걸리는 시간은 금일 일몰 전이라 보시면 됩니다."

망균의 이야기만큼이나 믿지 못할 이야기인지라 너나없이 두 눈을 치켜뜰 수밖에 없는 상황.

하나 입을 여는 이가 무암 진인이 아니라 평소 무인이라 여기지도 않는 하오문의 문주이고 보니 쏘아지는 압박감이 엄청날 수밖에 없었다.

벌써부터 땀이 주르륵 흐르는 여운대, 하나 그의 이야기는 다 끝나지 않았다.

"지금 동천목 서호의 길을 막고 있는 군병은 절강 위소의 병력 오천이고, 서천목 광덕은 안휘와 강소의 병력 일만이 막고 있습니다. 일출 전 확인하였으니 그들은 일몰 전보다 훨씬 빨리 이곳에 이를 것이 틀림없습니다."

너무나 엄청난 이야기인지라 말문마저 막히는 상황이었다.

"이놈! 하면 관군이 우리와 전쟁이라도 하겠다는 말이더냐!"

애꿎은 분노의 화살이 여운대에게 쏘아졌지만 그것이 괜

한 짓임을 모르는 이는 없었다.

망균과 근 오만에 이르는 금군의 조합.

거기에 수많은 강호인들을 이곳에 불러들인 무림왕과 비급들을 떠올리면 결론은 너무나 간단했기 때문이었다.

일문을 이끌고 이 자리에 모인 이들이 그 정도를 파악하지 못할 수가 없으니 더더욱 분위기는 무거워질 수밖에 없었다.

누군가의 원망이 곽영의 사문이라는 소림으로 향하기도 했으나 이 자리에서 그것을 타박해야 아무런 의미가 없다는 것 역시 자명한 일이었다.

자리한 이들 대부분의 감정이 분노와 울분이었고 그나마 수양 깊은 이들만이 침중한 눈으로 사태의 해결점을 찾아보려 할 뿐이었다.

잠시의 시간이 흘러 방 안이 터져 나간다고 해도 이상할 것이 없을 정도의 기세들이 들끓자 무암 진인의 나직하면서도 청명한 음성 한 줄기가 다시 분위기를 바꿔놓았다.

"절대 경거망동해서는 아니 될 것이오. 저들의 목적이 우리의 멸살이란 것을 확인키 전에는 절대 검을 뽑아선 아니 되오. 명분을 주어선 결코 이길 수 없는 싸움, 새삼 당부하외다. 싸워 살아 남아야 한다면 빈도의 검이 제일 먼저 저들을 향할 것이니……."

第五章

일촉즉발(一觸卽發)

주변을 가득 채우고 있는 오직 시커먼 어둠뿐이었다.

그 지독한 어둠에 갇힌 후부터 연후에게 시간은 무의미해졌다.

어떤 발버둥을 쳐도 깨어지지 않는 어둠 속에서 연후는 생각하고 또 생각했다.

극성으로 염왕진결을 일으키며 초연검을 휘둘러도 베어낼 수 없는 짙은 어둠이었고, 아무리 광안을 열고 내달려도 벗어날 수 없는 거대한 어둠이었다.

그러는 동안에도 두려움에 잠든 무상의 공능은 도저히 깨어날 줄을 몰랐으니 이미 몸은 지칠 만큼 지쳐 더 이상 움직일 기력조차 남아 있지 않았다.

결국 지쳐 나가떨어진 연후는 제자리에 주저앉아 생각하고 또 생각할 수밖에 없었다.

이 지독한 어둠을 어찌 벗어날 수 있는지를.

그걸 해내지 못하면 어떤 두려운 일이 생길지 모른다며 지친 자신을 위로하고 달랬다.

부친의 손에 무린이 상한다거나 그 반대의 경우가 되어도 마찬가지였다.

두 사람 중 누구라도 이해할 수 없으며 또 용서하기 힘들 것 같았다. 아니, 그 무엇보다 그걸 막지 못한 스스로에 대한 자책을 벗어던질 자신이 없었다.

간절하고 너무나 간절했다.

서 있기도 힘든 몸을 억지로 다시 일으키며 최악의 가정을 떠올리며 혼신의 힘을 쥐어짰다.

하지만 역시나 달라진 것은 없었다.

일어설 힘조차 제대로 없거늘 염왕진결이 무슨 소용이며 광안이 다 무슨 소용이겠는가?

그래도 할 수 없어 축 늘어진 초연검을 채찍처럼 휘두르고 또 휘두르며 소리쳤다.

그런 일이 벌어져선 안 된다고.

무린아 제발 멈춰 달라고.

절규하며 통곡하던 연후는 급기야 검을 휘두르는 모습 그대로 바닥에 얼굴을 처박고 쓰러질 수밖에 없었다.

입안으로 들어오는 흙을 내뱉으며 또다시 통곡했지만 손끝조차 까딱할 수 없을 만큼 지친 자신을 확인하는 것이 할 수 있는 일의 전부일 뿐이었다.

급기야 너무나 힘들어 이대로 잠들고 싶다는 생각뿐이 남지 않은 그때 연후의 감기던 눈가가 씰룩거리기 시작했다.

내뱉던 흙에서 오직 비릿한 짠맛만이 가득했기 때문이었다.

흙을 제대로 먹은 적은 없다 해도 입안에서 느껴지는 것이 고유한 흙과 다르다는 것만은 분명히 인지할 수 있었다.

순간 연후의 머리를 띵하게 울리는 충격이 있었다.

'허상(虛像)!'

그 하나의 생각이 무너지려는 연후의 의식을 붙잡았다.

만일 이것이 모두 허상이라면.

쓰러진 자신은 물론이요 천지에 가득 암흑뿐인 이 모든 것이 허상이라면.

그런 생각이 들자 연후의 눈빛이 일변했다.

이제껏 염왕진결을 최대한 끌어올렸던 것도, 초연검을 휘둘렀던 것도, 또 광안을 열고 끝없이 내달렸던 것이 모두 허상이라면 지친 것도 허상일 수 있다는 생각이었다.

그런 생각은 순식간에 확신이 되었고 그 확신을 붙잡은 순간 손끝 하나 까딱할 수 없었던 자기 자신의 모습은 모두 사라지고 처음 무린이 떠날 때의 모습으로 되돌아 올 수 있었다.

하나 그 순간 연후는 또다시 지독한 암흑에 둘러싸여 있는 자신을 발견할 수 있었다.

그렇다고 해도 조금 전과는 전혀 다른 상황이었다.

온몸의 힘이 넘쳤고 허상 속에 허우적거리지 않아야 한다는 상황을 직시하고 있으니 이전과 같은 상황을 답습할 이유가 없었다.

그 순간 연후가 먼저 행한 것은 무상검결을 일깨우려는 시도였다.

어찌해서 이 어둠에 그토록 두려워했는지는 모르겠지만 무상의 공능이 자신의 또 다른 분신이라 확신하는 연후이기에 행할 수 있는 일이었다.

연후 스스로가 자신을 가둔 암흑의 장막에 일말의 두려움도 없는데, 또 다른 자아라 믿어 의심치 않는 무상의 공능이 두려움에 진다는 것은 말이 되지 않는다고 생각한 것이다.

온전히 마음을 평안히 하고 처음 무상의 공능이 깨어나던 불이곡의 수련을 떠올렸다.

검한이라 불린 모친의 한이 짙게 서린 검보 하나를 끌어안고 쉼 없이 구결을 외우고 또 외우던 그 시절의 기억들.

두려워하지 말라.

나보다 먼저 나를 지켜주던 검이여.

이제 나를 믿어라.

나와 함께 일어나 떨쳐야 한다.

진정 두려워할 것이 무엇인지 알아야 할 때다.

친우를 잃을 수 있고 하나뿐인 혈육을 잃을 수도 있다.

그들을 잃게 되는 고통보다 두려운 것이 어디 있겠느냐.

일어나자.

깨어나 나와 함께하자.

연후는 다짐하고 또 다짐하며 잠든 아이를 깨우듯 머릿속으로 되뇌고 또 되뇌었다.

그러던 어느 순간 전신 구석 구석에 저릿한 반응이 오기 시작했다.

연후의 입가에 따스한 웃음이 걸리는 때였다.

너무나도 익숙한 기운, 이제는 없는 것이 더욱 이상한 무상의 공능이 슬그머니 일어나 자신에게 다가오는 것이 느껴지는 것이다.

하나 아직은 두려움을 다 못 이겼음이 분명한 상황!

순간 두 눈에 모든 공력을 끌어올리며 연후가 목청이 터져 나가도록 외쳤다.

"천지풍파객! 그대의 말을 믿겠소. 광령을 얻으면 시공의 경계마저 허문다는 그 말! 정녕 사실이라면 이따위 어둠이 내 앞을 가로막지는 못할 터!"

목구멍 깊숙한 곳에서 치밀어 오른 음성이 어둠을 뚫고 터져 나오는 순간 연후의 눈가가 화염에 휩싸인 듯 붉게 타오르기 시작했다.

하단의 염왕진결과 중단의 화령지기까지 모조리 끌어올려 광안을 여는 연후의 눈빛은 정녕 인간의 것이라 할 수 없을 정도로 새빨간 빛을 뿜기 시작했다.

일순간 암흑을 녹여 버릴 듯한 그 안광이 밖으로 뻗었다가 한꺼번에 안으로 모여들더니 이내 삽시간에 작아지고 작아져 연후의 시꺼먼 동공과 하나가 되었다.

번쩍!

연후를 둘러싸고 있던 지독한 어둠이 순식간에 사라지며 어마어마한 빛이 밀려들었다.

하나 그 강렬한 빛살에도 연후의 눈빛엔 일말의 흔들림이 없었다.

강렬히 쏘아지는 중천의 태양빛 너머로 시리도록 푸른 하늘이 보였다.

그 하늘을 떠받들 듯 자리한 천목산의 고요한 산세까지 모든 것이 지난밤 무린을 막아섰던 그 자리의 그 모습과 똑같았다.

시간이 흘렀다는 것을 알게 해 준 것은 오직 하늘 가운데로 향해 가고 있는 태양의 위치뿐이었지만 그것만으로 며칠이 흘렀는지 파악할 수는 없었다.

그리고 그때야 지척에서 자신을 향해 목소리를 높이는 흑의무복의 중년인이 보였다.

"유…… 공……자! 정……신……이…… 드……셨……소?"

광안을 열고 있기에 소리마저 너무나도 느리게 흘러가고 있음을 깨달은 연후의 눈이 본래의 그것으로 들어온 순간 다시금 세상은 제 시간을 찾을 수가 있었다.

"……. 이거, 정말 큰일 나는 줄 알았소. 대체 혁 공자는 어디 가고 유 공자 혼자 이런 곳에 있단 말이오?"

단목강의 가신이라던 중년 사내, 음자대주 암천이라 들은 기억이 있는 중년인이었다. 또한 그가 이곳 천목산에서 내내 혁무린과 함께 있었다는 것을 모르지 않는지라 상황이 충분히 이해되었다.

"얼마나 시간이 흘렀습니까?"

"허, 무슨 뚱딴지같은 소리요? 밤새 두 사람 뒤쫓느라 죽을 뻔한 사람한테……. 설마 혁 공자님에게 뭔가를 당한 겁니까?"

연후의 얼굴에 안도의 빛이 감돌았다.

그러면서도 의문을 가질 수밖에 없는 연후였다.

조금 전 겪었던 일이 무린으로부터 비롯되었다는 것을 모르지 않았기 때문이었다. 하나 그것이 정확히 무엇인지 짐작할 수도 없는 차에 들려온 암천의 음성이니 당연히 눈빛이 달라질 수밖에 없는 것이다.

지난 몇 달간 당예예와 사천에 머물며 어지간한 무공에 대한 식견은 갖췄다고 자부했건만 아무리 그것들을 떠올려 보아도 조금 전 겪은 현상에 비견할 수 있는 것은 없었다.

눈앞의 암천이 알고 있다면 물을 수밖에 없는 일이었다.

“대주님! 무린은…… 무린은 누구입니까? 그리고 무린이 쫓는 이는 또 누구입니까?”

너무나 직설적으로 물어오는 연후를 마주하며 더욱 당혹스러워지는 암천이었다.

그럼에도 왜 그런 질문을 할 수밖에 없는지 너무나 잘 아는지라 속으로 혀를 찰 수밖에 없었다.

결국 흘러나오는 것은 한숨뿐이었다.

새벽녘 이곳에 석상처럼 홀로 선 연후를 볼 때부터 어느 정도 이런 상황을 예상했던지라 비교적 담담하게 입을 열 수가 있었다.

“혁 공자가 누구인지는 지기인 유 공자께서 더 잘 알지 않소이까? 솔직히 안다 해도 제 입으로 떠벌릴 수 있는 일은 아니외다. 하지만 혁 공자가 쫓는 사람이 누군지는 알려 드릴 수 있습니다. 바로 망균이란 것을 만든 자이지요.”

암천의 입에서 흘러나온 이야기에 연후의 표정이 변했다.

그리고 흘러나오는 너무나도 서늘한 목소리.

“암천이라는 이름을 쓰신다 했지요?”

"흠. 그렇소. 유 공자가 아무리 소가주의 지기라 해도 나와는 별다른……."

심상치 않은 분위기에 일단 변명부터 시작하는 암천, 하나 그마저도 연후의 음성이 뚝 하고 끊어 버렸다.

"암천대주님. 지금 무린과 내 부친이 서로의 목숨을 끊기 위해 싸우고 있을 수도 있습니다."

너무나 뜻밖의 말에 암천의 눈빛이 동그랗게 변하는 찰나.

"만일 둘 중 하나에게 그런 일이 생긴다면 저는 정말 견디기 어려울 것 같습니다. 특히나 살부지수를 지기로 두어야 한다면 그 원망을 어찌 풀 수 있겠습니까? 막아야 합니다. 그러기 위해선 대주께서 아는 것을 말씀해 주셔야 합니다."

연후의 나직하지만 미약하게 떨리는 음성에서 그 진심을 충분히 느낄 수 있는 암천이었다.

사실 이런 상황에 이렇게까지 말할 수 있는 연후가 참으로 놀랍고 이상타 여기기도 했으나 어린 시절부터 봐 왔으니 그것이 또 유가장의 후인답다 여길 수밖에 없었다.

그나저나 혁무린과 유연후의 부친이 죽고 죽이는 싸움을 한다는데 마냥 입을 다물고 있기도 어려운 암천이었다.

사실 혁무린으로부터 자부의 일을 함부로 발설하면 안 된다는 이야기만 들었지 딱히 말하면 어찌 된다는 이야기는 들은 적이 없었다.

'몰라! 될 대로 되라지!'

"큼! 뭐 그런 사정이라는데……. 이거 소가주를 봐서 모른 척할 수가 없겠구려. 혹 망량겁조라 들어보셨소?"

"……!"

"자세한 건 너무 길고 그 전설 속 망량겁조가 바로 혁 공자라 생각하시면 되오이다."

너무나 황당한 말에 말문마저 막혀 버린 연후, 하나 이어진 암천의 말은 더욱 가관이었다.

"삼종불기(三宗不記)를 아는 듯하니 천무 선인도 아시겠구려. 줄여서 무선이라 불리는 자, 지금 혁 공자가 쫓는 자는 바로 그 무선의 후예쯤 될 것이오. 그리고 혁 공자의 머리꼭지가 돌아 버린 건 그 무선의 후예란 이가 망공독황의 독을 천목산에 뿌렸기 때문이고……."

연후의 표정이 황망함에 젖어 있다 서서히 제자리를 찾기 시작했다.

그저 허무맹랑한 전설 속 이야기라 치부되던 것이 삼종불기였다. 오죽했으면 너무나 믿기 힘들어 기록하여 전하지도 않는다는 것이 이름이 되어 버린 존재들이 삼종불기인 것이다.

한데 그 전설 속 존재들의 잔재가 둘도 없는 친구와 하나뿐인 혈육을 상잔시키려 한다는 말에 어처구니 없다는 생각을 할 수밖에 없는 것이다.

그렇다고 해도 믿지 않을 수 없는 일이었다.

또한 그렇다고 방관할 수도 없었다.

연후의 눈빛이 사위를 살피기 시작했다.

무린이 어디로 갔는지 당장은 알 수 없었다.

그것은 눈앞의 사내 또한 마찬가지일 터, 그럼에도 반드시 무린의 흔적을 찾아야 한다는 생각뿐이었다.

연후의 눈이 붉게 타올랐다 순식간에 동공의 한 점으로 모여들었다.

다시 한 번 광안을 극성으로 여는 연후!

그 눈에 보이는 모든 세상이 확대되고 있음을 모르는 암천은 단지 붉게 변한 소름 끼치는 연후의 눈빛에 기가 죽어 묻지도 않은 말을 주절거려야 했다.

"망균이란 게 지독하다고는 하지만 걱정 마시오. 혁 공자가 그러는데 내 몸엔 못 들어온답니다. 그건 혁 공자도 마찬가지고. 하니 유 공자께 옮길 일은 걱정하지……."

쭈뼛거리며 말을 하면서 그제야 연후가 전혀 듣고 있지 않음을 알게 된 암천이 머리를 긁적거렸다.

그럼에도 연후의 분위기와 눈빛이 너무나 살벌해 어떻게 하지도 못하고 그냥 되는 대로 주절거렸다.

"아, 뭐 저도 잘 모르는 거니 자세한 건 나중에 들으시지요. 여하튼 당최 혁 공자의 말은 알아듣기가 힘든지라……."

말투가 점점 더 공손해져 가는 암천, 그만큼 눈앞의 연후가 보여주는 모습은 두려운 것이었다.

그제야 혁무린이 지난번 연후의 무공을 보며 했던 말이 떠올랐다.

"저건 다른 거야. 시작이 다르니 나도 흉내조차 낼 수 없는 거지. 언젠가 말했지? 반여강이라고. 그자가 만든 거야. 인무(人武)가 천무를 넘을 수 있음을 보여준 무공."

그 말을 꺼내던 혁무린의 표정이 왜 그리 씁쓸했는지 이제야 어느 정도 이해가 되었다.

둘도 없는 친우라 말하던 유연후를 본신의 능력까지 사용해 금제를 할 수밖에 없었던 것이 다 이런 모습 때문이었을 것이란 짐작이었다.

암천이 그런 생각으로 조심스레 연후를 살피는 동안 연후의 두 눈은 확대되고 확대되어 눈앞에 보이는 모든 흔적들을 하나하나 살피기 시작했다.

정상적인 시간의 흐름이라면 너무나 무모하기 만한 일, 하나 극성의 광안을 연 연후의 시간은 또 달랐다.

떨어지는 낙엽 하나, 지나가는 벌레 한 마리의 흔적까지 확대된 연후의 눈이 미친 듯이 전방을 살피고 있는 것이다.

그리고 이내 오십 장 밖 나뭇가지 하나에 남긴 희미한 족

흔을 발견할 수 있었다.

그 순간 연후의 신형은 거짓말처럼 사라져 버렸고 홀로 덩그라니 남은 암천은 화들짝 놀랄 수밖에 없었다.

"어어!"

아무런 예고나 기미조차 없이 사라져 버린 연후 때문에 저도 모르게 신음을 흘린 암천이 빠르게 사방을 살피다 다시 한 번 놀란 눈을 동그랗게 치떴다.

까마득한 거리의 나뭇가지 위에 잠시 잠깐 나타났다 다시 순식간에 사라진 연후의 모습을 확인했기 때문이었다.

"하하! 하하하! 축지가 진짜 있는 거로구나. 하긴 천 년도 살고 삼백 년도 사는데 축지가 뭐 별일이라구. 그래, 돌아가자 돌아가. 대체 무슨 재주로 저걸 따라간단 말이냐!"

* * *

"나는 지다성(智多星) 목소하, 이 세상엔 만병천왕의 내자로 더 알려져 있답니다. 부디 내 모든 이야길 믿어야 해요. 그대라면 진의를 파악할 능력이 있을 터!"

괴노인의 머릿속으로부터 전해지는 여인의 음성에도 불구하고 유기문의 표정엔 별다른 변화가 없었다.

외려 그 기이한 존재를 처음 봤을 때보다 한결 평온해진 모습이었다.

그런 유기문의 입에서 흘러나온 음성은 너무나 무감정하기만 했다.

"결국 수백 년 세월 구천을 떠도는 이유가 한낱 치정 때문이란 것이 아닌가?"

그 싸늘한 음성에 반응한 것은 괴노인의 육체였다.

순식간에 괴노인의 전신에서 피어오르는 적의와 살기, 하지만 그것이 유기문을 위축시킬 수는 없었다.

"그렇게 들었다면 그것으로 좋아요. 지아비를 기다리며 갑자의 세월을 홀로 보낸 한이 치정이 아니면 무엇이겠어요. 하지만 그대도 알아야 해요. 조율자를 자청하는 자부의 망량 또한 그 치정 때문에 수많은 겁란을 일으켰음을……."

"지난 시대의 구원일 뿐이다. 하나의 악의도 다스리지 못하는 그대가 어찌 만악의 근간을 없앤다는 소릴 내뱉는 것인가? 내 싸워야 한다면 차라리 너를 택하겠다."

유기문의 응대는 너무나 싸늘했다.

존재치 말아야 할 존재, 괴노인의 머릿속 악의가 바로 그 영혼으로 비롯된 것이 느껴지는데 어찌 감언이설 따위에 흔들리겠는가.

"망량의 후예예요. 그를 소멸시켜야만 해요. 그가 존재하는 한 당신이 만들고자 하는 세상도 한낱 미몽일 뿐!"

"헛소리! 그 음성에 간절함이 없었다면 요망한 너부터 베었을 것이다."

"기다리고 기다렸던 선인의 후예가 이리도 답답하다니. 그대 선인의 후예여! 이것만은 반드시 알아두세요. 과거에 뿌려진 망균을 모조리 먹어 치울 수 있었던 존재가 바로 망량겁조라는 것을. 그가 다시 깨어나 한 일이 무엇인 줄 아시나요?"

망균에 관한 전혀 예기치 못한 이야기에 유기문의 눈빛이 잠시간 더욱 깊어졌고 여인의 음성은 또다시 이어졌다.

"헤아릴 수 없는 이들을 도살했고, 그 죽음들의 기억마저 말끔히 지워 버렸어요. 그대가 앞으로 만든 세상이 그리 되지 않을 것이라 장담하나요? 망량의 저주를 깨지 않는다면 모든 것이 허상일 뿐이에요."

연이어진 여인의 음성이 너무나도 절실하게 느껴졌다.

비록 진체가 없는 존재일지라도 그 감정의 절박함이 와 닿아 유기문의 마음 한편을 건드렸다.

그게 아니었다면 진즉 참살했을 것.

더구나 음성의 주인이 단지 혼령에 지나지 않는 존재가 아니라는 것을 잘 알고 있었다.

상대는 공령지도의 극의를 이루어 육신을 벗어난 존재, 하니 그저 요물이라고 치부할 수만은 없는 일이었다.

"하면 내 천명이 바로 망량을 베는 일이란 뜻이겠구나?"

"그래요. 반드시! 그대가 도와주지 않으면 절대 할 수 없는 일이에요."

또 한 번 이어지는 간절한 음성, 하지만 유기문은 더없이 냉정하게 돌아섰다.

"거절한다."

순간 꿈틀거리며 더욱 짙어지는 노인의 살기.

하지만 이미 발걸음을 떼기 시작한 유기문의 음성은 너무도 냉막하기만 했다.

"그것이 하늘이 정한 이치라면 그대가 종용치 않아도 나와 마주하게 될 터. 그때가 오지 않는다면 나를 강제할 수는 없다."

유기문은 냉정히 뒤돌아섰다.

그의 직관이 이 일이 바르지 않음을 느꼈기 때문이며, 세상 그 누구도 천도가 어디에 있는지 재단할 수 없다 여기기 때문이었다.

정녕 여인의 말이 옳아 망량이 존재치 말아야 할 악이라 할지라도, 그런 존재가 이 땅에 존재하는 이유 또한 반드시 있다는 생각하는 것이다.

하여 그것이 진정한 천의(天意)며 그 앞에 쓰러질 때가 온다면 그 또한 천도의 이치라 받아들이겠다는 마음인 것이다.

그런 생각으로 발걸음을 떼며 멀어지는 순간에도 등 뒤로 전해지는 괴노인의 살기는 더욱 걷잡을 수 없이 커져 갔다.

하나 유기문은 거칠 것이 없었다.

그 정도 무위와 위협이 자신을 어쩌지 못함을 잘 알기 때문이었다.

그 순간 다시금 들려오는 또 다른 음성, 하나 그것은 이제 여인의 것이 아닌 괴노인의 그것이었다.

"비로소 때가 이르니 모든 것이 이루어지리라. 나무환희불! 옴마니 반매훔!"

괴노인의 불호가 더없이 신경을 간질였지만 뜻을 세운 유기문의 걸음을 멈추게 할 순 없었다.

문득 멈춘 유기문의 머릿속에 '베어 버리고 갈까' 하는 생각이 일었지만 그마저 잡념처럼 털어 버렸다.

순간 느릿하게 이어지는 발걸음이 점차 부드럽게 지면을 타더니 일순간 신형 전체가 미풍에 살랑이듯 허공으로 솟아올랐다.

그리고 이내 순식간에 사라지는 유기문의 모습.

"크하하하하하! 비로소 모든 괘가 짜 맞추어졌소이다. 더는 걱정하지 마시오. 내가 풀어드리리다. 이 광승이 신녀의 한을 달래드릴 것이오. 아니, 신녀보다 더한 고통 속에서 허우적거리며 서서히 소멸되는 망량의 모습을 보게 될 것이오!"

* * *

중청 광장의 분위기는 그 이전 어느 날보다 고무되어 있었다.

쉽사리 해결될 수 없다고 생각했던 자운 공주의 인질 사건이 너무나 쉬 풀려 다시 비무가 시작된다 하니 모인 이들이 들뜬 마음일 수밖에 없는 것이다.

물론 금족령 때문에 불만이 가득한 이들도 많았지만 그 정도야 사안에 비하면 충분히 납득 가능한 일인지라 외려 불평하는 이들이 타박을 당하는 분위기가 형성될 정도였다.

한데 묘한 것은 비무가 시작된다는 시각을 넘어 해가 중천을 지나치고 있는데도 천웅관에 거하는 명문거파의 인물들이 대부분 모습을 드러내지 않고 있다는 것이다.

실상 금일 비무대 위에 오를 자격이 있는 이들 대부분이 그곳에 머물고 있음을 아는데 아직까지 나설 기미조차 보이지 않으니 좌중의 소란스러움이 한층 가중되고 있는 때였다.

그나마 어제 낮 동안 흉물스럽게 망가져 버린 비무대 지척에 사천당가의 무인들과 단목세가의 인물들이 있으며, 또 그들과 멀찌감치 떨어져 도왕 금도산과 북천신도 골패륵, 거기에 팽가의 소가주 팽일원이 드문드문 자리하고 있을 뿐 천웅관 쪽은 조용하기 만했다.

중청 앞에 놓인 상석엔 이미 승천대장군 곽영이 착석을

한 상태였고 고위 관료들과 무장들 또한 배석을 완료한 상태로 그렇게 한참이나 시간을 보내고 있는 상황이었다.

그 기다림과 지루함에 좌중의 웅성거림이 커져 갔지만 커다란 의자 한편에 턱을 괴고 있는 곽영은 무덤덤한 눈으로 비무대를 바라볼 뿐이었고, 그 입에서 어떤 명도 떨어지지 않으니 관리들 누구도 선불리 입을 열지 못하는 상황이 이어지고 있었다.

"연화 언니, 정말 무슨 일 때문일까요? 혹시 어제 일 때문일까요?"

옆자리에 앉은 단목연화를 조심스레 바라보는 은서린의 목소리엔 걱정이 짙게 묻어 있었다.

아직까지 소문이 퍼진 것은 아니었지만 중살이란 자들이 뇌옥을 탈주한 사실을 전해 들었다. 게다가 사다인이 그 뒤를 쫓아갔다는 말을 들었으니 오만 가지 걱정이 가득한 은서린이었다.

하나 단목연화 역시 속내는 은서린과 마찬가지일 수밖에 없었다.

"글쎄……. 정말 무슨 일이 생긴 건 아닌지?"

그녀의 음성 또한 짙은 근심을 지우지 못하고 있었다.

느닷없는 납치 후 동생과 그 지기들에게 구사일생으로 구명되었다지만 그 무렵 갑자기 사라져 버린 혁무린을 떠올리다 밤새 한숨도 잘 수가 없었던 것이다.

게다가 특별히 무린의 소식을 당부했던 음자대주 암천에게선 연락조차 없었으며, 거기다 아침나절 동생 단목강마저 사라진 채 연락 두절 상태이니 그 마음이 은서린보다 더하면 더했지 절대 못할 수가 없었다.

그런 때 두 여인의 대화 사이로 끼어드는 당예예의 음성은 그녀들과 전혀 달랐다.

"걱정들 마세요. 당금 강호에서 누가 유가장의 공자 분들을 어쩔 수 있겠어요. 곧 돌아올 거예요."

늘 밝아 보이던 그녀였지만 지금의 당예예의 모습은 화사함만이 도드라지는 느낌이었다.

그도 그럴 것이 찾을 수 없다 절망했던 조모 당영령이 제 발로 나타났으니 입가에 미소가 떠나지 않는 것이다.

비록 조모가 과거의 모습이 아니고 또 지녔던 능력을 상실했다지만 전혀 상관없었다.

그녀가 조모를 찾고자 했던 것은 그저 혈육의 정 때문이지 그녀의 능력이 필요해서가 아니었기 때문이었다.

조모는 몇 마디 말을 남긴 후 잠에 빠져들어 아직까지 깨어나지 못하고 있었다. 하여 무슨 일을 겪었는지는 알 수 없었으나 그저 살아서 다시 볼 수 있다는 것만으로도 기쁜 것이 당예예의 속내였다.

사실 그 일로 인해 그녀가 이렇게 들뜬 것은 이제는 정말 숙부들에게 미련 없이 가주위를 양보할 수 있게 되었다는 것이다.

그리하면 연후를 따르는데 아무런 제약도 없을 터, 속마음이 부끄럽긴 했지만 결코 숨기고 싶은 마음은 없었다.

영 숙맥인 사내를 마냥 기다리다 후회하느니 차라리 당당히 그를 붙잡고 싶은 마음인 것이다. 그런 생각들로 가득하니 그 어느 날보다 환하게 웃을 수 있는 당예예였다.

물론 사라진 연후에 대한 걱정은 전혀 없었다.

이전에도 그의 적수가 없다 여겼으며 이곳 천목산에서만 해도 하루가 다르게 진짜 강호의 무인으로 변해가는 그에게 위협이 있을 리 없다고 믿었기 때문이었다.

"그보다 공주 마마 쪽이 걱정 아닌가요? 저 곽영이란 자가 정말로 중살과 관련 있다면 무슨 일이 벌어질지 모르는데……."

당예예가 조심스레 물었다.

지난날 악양루의 인연으로 네 여인의 친분이 상당해졌기에 당연히 그녀 또한 자운 공주의 안위를 걱정할 수밖에 없었다.

"일단은 아버님께서 친히 그 곁을 지키고 계시고 천룡노사와 목 노사까지 함께 계시니 크게 걱정할 건 없다고 봐요."

검륜쌍절 단목중경이 나섰고 단목세가의 오대가신 중 둘이라면 충분히 믿을 만한 전력이었다.

이를 언급하는 단목연화의 목소리에 자부심이 실려 있음이 분명했다.

다만 정말로 걱정인 것은 혁무린과 단목강이었다.

그저 막연히 불길한 기분이 들었고 이런 기분을 과거에도 느낀 적이 있었기 때문이었다.

역모란 이름으로 단목세가가 쑥대밭이 되던 그날 아침과 너무나도 흡사한 기분인지라 도저히 마음이 놓이질 않는 것이다.

"저는 비무고 뭐고 이제는 그저 빨리 끝났으면 좋겠어요."

은서린의 푸념 섞인 목소리에 당예예가 방긋 웃었다.

"동생은 왜? 절정각으로 빨리 돌아가고 싶어서?"

웃음 섞인 농에 당예예의 두 볼에 홍조가 깃들었다.

"그건 아니고……."

말까지 더듬는 그녀를 보며 당예예가 다시 놀리듯이 입을 열었다.

"왜? 사다인 공자 쫓아서 남만이라도 가게?"

순간 당예예를 향해 눈을 흘기는 은서린의 입에서 뾰족한 음성이 흘러나왔다.

"그럼 안 돼요?"

"안 될 리가. 난 서린 동생 일에 무조건 찬성이야. 금창약 잘 바르고 있지?"

당예예가 또 한 번 방긋 웃자 홍조가 더욱 짙어지는 은서린이었다.

너무 아까워 쉬 바르지도 못하는 것이 바로 사다인이 건넨 금창약이었다.

마음 같아선 당장에라도 다시 검을 쥘 수 있을 것만 같았지만 역시나 터무니없는 생각이었다.

그나마 어제 무력했던 자신을 떠올리며 다시는 짐이 되지 않겠다고 다짐했다. 하여 새벽부터 일어나 좌수로 검을 잡는 법을 익힌 것이 전부였다.

그래도 사다인의 모습을 떠올리면 또다시 가슴이 뛰는 은서린이었다.

물론 그런 마음이 훤히 보이는 당예예 역시 마음 깊이 그녀를 응원했다.

"힘내! 하지만 너무 조급해하지 마. 남자는 다가서는 여자보다 튕기는 여자한테 매력을 느끼는 법이니까."

그녀의 말에 얼굴이 빨개졌던 은서린이 기회다 여기며 목소리를 높였다.

"흥! 당 언니가 할 소리는 아니에요. 어제 보니 유 공자님 품에 뛰어들던데요."

예기치 못했던 반격에 당예예는 피식 웃고 말았다.

평소엔 참으로 얌전하기만 해 보이는 은서린이 무척이나 지기 싫어한다는 것을 새삼 확인했기 때문이었다.

그렇다고 해도 결코 미울 수가 없었다. 무남독녀인 그녀에게 은서린이나 단목연화는 친자매처럼 여겨졌기 때문이었다.

"훗! 서린 동생. 남자는 말이야, 당겼다가 놔줬다가 그래야 하는 법이라구. 어제는 바로 당길 때였단 말이지."

또다시 장난스럽게 빙긋 웃는 당예예를 보며 은서린은 분해 하는 표정을 지었지만 더 이상 반발할 마음은 일지 않았다.

마냥 속으로 당길 때와 놔줄 때란 말만 되풀이할 뿐이었다.

마음 같아선 그 당길 때가 언제인가를 묻고 싶었지만 차마 부끄러워 입이 떨어지지 않는 것이다.

한데 전혀 예기치 못한 음성이 단목연화로부터 흘러나왔다.

"남자가 자꾸 도망만 가려 하면 그때는 어찌해야 하나요?"

너무나 심각하게 물어오는 단목연화의 음성 때문에 당혹스러울 수밖에 없는 당예예였다.

하나 그 음성에 담긴 연모의 깊이가 느껴져 자신의 마음마저 아련해지는 기분이었다.

당예예가 조용히 숨을 고르며 입을 열었다.

"기다리던가, 놔주던가. 하지만 그 어느 쪽도 연화 소저

랑은 안 어울려요. 누군가 소저에게서 도망치려 한다면 그 이유가 정말로 터무니 없을 수밖에 없을 테니까요. 자신을 가져요. 천음화란 별호를 바라보고 사는 사내가 저렇게 많은데."

당예예가 갑작스레 군중의 무리를 가리키자 단목연화의 시선이 손끝을 따라 이동했다.

그리고 조금 전까지 느낄 수 없었던 수많은 시선들을 느낄 수가 있었다.

텅 빈 비무대가 아닌 그녀들 쪽으로 향해 있는 수많은 선망의 눈길들을.

천수화, 천음화에다 소검후 은서린이 나란히 앉은 모습은 단연 좌중의 시선을 모이게 할 거리인 것이다.

"봤죠? 자신을 가지라구요. 연화 소저는 충분히 너무나 사랑스러운 분인 걸요."

"네, 고마워요. 정말로 힘이 나네요. 좀 징그럽긴 해도요."

예전엔 너무나 거북스럽게 느껴지던 사내들의 시선들이었지만 왠지 정말로 힘이 나는 기분이었다.

아침나절부터 지금껏 무언가 불안불안하던 기분마저 털어낼 수 있을 것 같았다.

"휴, 믿으세요. 혁 공자가 이상한 거예요. 아니면 사연이 있을 거예요. 뭔가 말 못할……. 그분 정말로 비밀투성이잖아요."

당예예의 나직한 음성에 단목연화도 말없이 고개를 끄덕였다.

그리고 그 즈음 중청 광장의 술렁임이 더없이 커지기 시작했다.

목을 빼고 기다리던 이들이 드디어 모습을 드러냈기 때문이었다.

다만 그 술렁임이 환호로 변하지 못한 이유는 나타나는 이들의 전신에 서린 기이한 분위기 때문이었다.

더구나 기다란 행렬의 선두에 선 것이 다른 누구도 아닌 도성 무암 진인이었으며 그 뒤를 따라 각 문파와 세가의 좌장들이 한데 섞여 뒤따르고 있으니 이전까지의 모습과는 전혀 달랐던 것이다.

거기에 관중들이 자리한 쪽으로 향하지 않고 곧바로 비무대 중심으로 이어지는 그 행렬의 모습까지 더해져 분위기가 더욱 수상쩍게 변해가고 있는 것이다.

그러한 강호인들의 분위기에 긴장한 금군의 무장들과 병사들이 창검을 굳게 움켜쥐고 쇠뇌까지 장착하기 시작하니 이 뜻하지 않은 사태에 광장 전체의 분위기가 너무나 무겁게 변해갔다.

한데도 이 자리를 주관하는 곽영의 모습은 별반 달라진 것이 없었다.

여전히 팔걸이에 몸을 기댄 채 턱을 괴고 있는 것이다.
그런 곽영의 입에서 더없이 나직한 한숨이 흘러나왔다.
"후우! 결국 알았다는 말이로군. 이 일을 어쩐다……."
점점 더 굳어지는 곽영의 표정, 하나 그 얼굴에 서린 기묘한 웃음은 너무도 스산한 것이 분명했다.
"이것도 괜찮지 않을까? 대인께선 강호인이 아니니 모르실 뿐이야. 죽을 자리를 깔아주는 것, 하여 무인으로 죽게 하는 것이 강호의 진짜 도리라는 것을!"
혼잣말처럼 중얼거리던 곽영이 서서히 몸을 세웠다.
순간 비무대 위의 무림인들도 중청의 전각을 중심으로 포진한 금군의 병사와 무장들도 하나같이 긴장할 수밖에 없었다.
영문 모르는 객석 쪽의 무림인들 역시 당황하며 오직 곽영을 바라볼 수밖에 없는 때, 그의 음성이 광장 전체로 퍼져 나갔다.
"무조건 항복! 아니면 모두 죽어! 어떻소이까? 진인. 허락하시겠습니까?"
그 순간 미간이 살짝 일그러진 무암 진인의 눈이 자신의 뒤로 도열해 비무대를 가득 채운 명문의 무인들을 살폈다.
한데 모이고 나니 족히 천오백을 넘기는 인원이었다.
그들의 결의를 담은 무암 진인의 눈빛이 매섭게 곽영을

향하려 할 때였다.

"이놈! 그게 무슨 망발이냐!"

뒤늦게 천웅관 쪽에서 뛰쳐나온 백의 도인 하나가 검을 뽑아 들고 소리쳤다.

정신 줄이 나갔다가 이제야 되돌아온 화산파의 장문인 정사휘였다.

뒤따르는 화산 문하들의 만류에도 불구하고 그는 거칠 것이 없었다.

우우웅!

그의 백색 검신에 노을 같은 붉은 기운이 어리더니 이내 찬란한 빛을 발하기 시작했다.

화산의 상징 자하신공을 극성으로 끌어올리는 정사휘, 차라리 비무대 위에 다시 서서 죽자고 마음먹고 나온 그를 만류할 수 있는 이는 아무도 없었다.

아니 외려 이러한 기회가 주어진 것을 하늘에 감사하는 정사휘였다.

정사휘가 미친 듯이 곽영을 향해 달려 나가는 순간, 도성무암 진인의 음성이 터져 나왔다.

"갈! 멈추시게!"

하나 그 음성 정도가 정사휘의 발걸음을 붙잡을 수는 없는 상황!

그때를 같이해 곽영의 나직한 음성 또한 이어졌다.

"쏴!"

철컥! 철컥! 철컥! 철컥!

쇠뇌살의 안전장치가 일제히 제거되는 소리가 소름 끼치도록 크게 터져 나왔고 연이어 수백 개의 강렬한 파공음이 한 곳으로 쏘아졌다.

전방을 까마득히 메우며 쏘아지는 강렬한 쇠뇌살의 공격, 족히 백여 개가 넘는 쇠뇌가 전부 정사휘 하나만을 향하지는 않은 것이 자명한 터!

더구나 아무리 정사휘가 온전한 상태가 아니더라도 일반 병사들의 쇠뇌 따위에 격중당할 정도의 무인은 아니었다.

하나 그것이 더욱 큰 문제였다.

그를 맞추지 못한 쇠뇌가 비무대는 물론이요 천웅관 쪽에 객석에 자리한 군웅들을 향해 무자비로 쏘아져 버린 것이다.

푸푸푸푸푸푹!

몸을 관통한 것도 모자라 꼬치처럼 두세 사람을 꿰뚫어 버리는 쇠뇌살의 위력과 그 순간 시작된 비명이 아비규환의 참상들!

그나마 비무대 위에 선 명문대파의 피해만이 경미할 뿐, 좌중은 순식간에 너무나 큰 충격에 빠져 버렸다.

그 순간에도 정사휘는 강렬한 기세가 발해지는 검 한 자루를 들고 곽영을 향해 가고 있었다.

하나 곽영은 입가에 조소마저 베어 물었다.

"검을 섞을 가치도 없는 자로구나."

등 뒤에 시립한 북로군 장수의 허리춤에 달려 있던 쇠뇌를 꺼내 든 곽영이 날아드는 정사휘를 겨누었다.

철컥! 슛! 퍽!

허공을 격하며 날아들던 정사휘의 머리통에 쇠뇌살이 꽂히는 소리와 함께 그 뒤통수로 분수처럼 핏물이 치솟았다.

이내 중청에서 비무대로 이어지는 계단 앞쪽에 떨어지며 널브러진 정사휘의 주검은 그야말로 너무나 참혹했다.

도성 무암 진인조차 분노의 기운을 지워내지 못할 정도의 상황!

하나 곽영의 음성은 너무나 건조했다.

"뭐해? 쏘질 않고. 감히 금군의 수장에게 검을 겨눈 역도의 무리들이잖아."

"복명! 어림 천위군 시위 장전!"

"복명! 북로군 쇠뇌 장전!"

"복명! 전군 장전!"

언제 나타났는지 중청의 담벼락 위는 물론 그 너머 네 개의 전각의 지붕까지 수많은 병사들이 자리 잡은 채 쇠뇌를 겨누고 있었다.

스릉!

그 순간 너무나도 청명하게 울리는 검명 하나가 있었다.

도성 무암 진인, 그가 검을 뽑은 것이다.

"너무 일찍 축배를 들진 마시게나. 빈도의 검이 도가 될 수 있도록 허락한 것은 오늘의 안배 때문일 것이니……."

무암의 검끝으로 일순간 청명한 기운이 휘몰아치기 시작했다.

그와 함께 비무대 위의 무인들이 일제히 기세를 끌어올렸다.

그 어마어마한 압박감이 금군은 물론 객석에 자리한 수많은 무인들의 의기마저 이끌었다.

"우아아아아악!"

"그래! 이놈들! 같이 죽자."

"어디 한 번 해 보자!"

들끓기 시작한 강호인들의 분노가 그렇게 더해지니 그 일촉즉발의 시간을 맞이하는 이들 중 누구보다도 이 상황에 놀란 이가 있었다.

"포위와 멸살! 팽왕 항우의 군세조차 이 진세 안에서 끝을 보았다 기록되어 있지요."

당예예는 처음 이곳 중청에 들었을 때 연후에게 들었던

말을 떠올리며 소름 끼치는 두려움에서 벗어날 수가 없었다.

그리고 그 순간 하늘을 까마득히 채우는 화살비가 혈우처럼 쏟아져 내리기 시작했다.

第六章

강림(降臨)

치지지직!

푸릇한 섬광과 함께 일어난 소름 끼치는 소리에 격한 비명 소리가 토해졌다.

"크어어억! 말?…… 말하겠소. 제발…… 크헉!"

용린으로 뒤덮인 갑주를 걸친 금군의 무장 하나가 입에 거품을 물며 애원했다.

"진작 그랬으면 좋았잖아. 이렇게 먼 데까지 고생해서 끌고 오지 않아도 되고. 그래 놈들을 어디로 내뺐어?"

"그것이……."

"아직 정신을 못 차렸구먼!"

파치지지직!

"크어억! 일왕각! 일왕각……. 소회의실……. 지하 밀실…… 크악! 제에발……!"

애걸하던 금군 북로군의 장수가 눈을 뒤집으며 혼절해 버리자 사다인의 손끝에 어린 뇌전의 기운이 거두어졌다.

하나 그런 사다인의 얼굴엔 짜증이 가득할 수밖에 없었다.

기껏 납치해 길도 없는 산자락을 세 개를 타 넘어왔더니 결국 다시 제자리로 가야 한다는 소리였다.

그나마 다행인 것은 중살 그자들이 여전히 무림왕부 안에 있다는 사실을 확인한 것뿐.

사다인이 손을 털고 일어서자 그의 귓가로 못마땅한 것이 역력한 음성이 들려왔다.

"형님! 이렇게까지 하실 것은……."

"걱정 마! 죽인 녀석은 없잖아."

벌써 세 번째 납치였고 세 번째 고문과 세 번째 혼절이었다.

그 시작은 지난밤 초병이었고 다음은 초병의 순번을 급작스레 바꾼 군관, 그리고 그의 입을 통해 들은 마지막 한 명이 바로 눈앞의 북로기마대의 백호장이었다.

백호장답게 제법 대가 강한지라 맘 놓고 문초하기 위해 터무니없이 먼 곳까지 오게 된 것이다.

하나 자유자재로 고통의 강도를 조정할 수 있는 뇌신지

기 앞에서 입을 열지 않고 버티는 것은 불가능에 가까웠다.

덕분에 사다인도 원하는 정보를 알아냈으니 헛고생한 것만은 아니었다.

물론 단목강의 불만이야 충분히 이해할 수 있는 사다인이었다.

명문 무가의 후예인 단목강으로선 이런 일에 동참했다는 것 자체가 견디기 힘든 일이라는 것을 충분히 이해했다. 그럼에도 여태 묵묵히 자신을 따르고 있으니 그런 단목강의 모습 또한 대견하지 않을 수 없었다.

"알겠습니다. 그나저나 정말 대범한 자입니다. 설마 일왕각 아래 숨길 생각을 하다니……."

"뭐, 그만한 능력이 있으니 그 나이에 그 자리에 선 것이겠지. 강이 너도 알아야 해. 정도만이 반드시 능사가 아닌 것을."

사다인의 음성에 단목강은 반박할 수가 없었다.

그가 아침나절부터 행한 일을 떠올리면 분명 정파의 무인으로 해서는 안 될 일이었다.

하나 그렇게 했기에 고작 한 나절만에 중살의 꼬리를 완벽히 잡아낼 수 있었다는 것 역시 인정하지 않을 수가 없었다.

그럼에도 마음은 편치 않았다.

"사람에겐 저마다 맞는 길이 있다고 생각합니다. 돌아가

더라도 한 길을 택한다면 언제인가 그 끝에 닿을 수 있다 믿습니다."

스스로를 위안하기 위해서 내뱉는 말이었지만 사다인은 그런 단목강의 모습마저 흡족해 했다.

"그래, 그것도 좋다. 다만 알아야 한다. 때를 놓쳐 후회하는 일이 생기면 그것이 평생의 한이 될 수 있음을. 어련히 알아서 할까마는……. 가자. 끝을 내야지."

"네, 형님. 다행히 일왕각엔 본가의 사람들이 있으니 놈들을 잡아낼 수 있을 겁니다."

단목가의 음성에 사다인의 눈빛이 묘하게 뒤틀렸다.

"안 돼!"

"네?"

"그냥 죽인다. 그게 속 편해."

"형님!"

"이것저것 신경 쓸 일이 많아. 한 번 잡았던 고기에 매달리고 있을 때가 아니야. 아침에 도왕 어른이 이상한 소릴 했거든."

"하지만……."

"강아! 오늘은 그냥 내 말을 따라라. 감이 정말 안 좋으니까. 예전에 우리 부족이 명군의 말발굽에 쑥대밭이 될 때도 이런 정도는 아니었다."

평소에도 목석같던 사다인의 얼굴이 더없이 차가워진 터

라 단목강도 더 이상 반론을 제기할 수가 없었다.

어차피 단목강 역시 이곳 천목산에서 원하던 것 대부분을 이룰 수 있었다.

세가의 건재함은 이미 가신들의 무위로 증빙하였고 부친의 무사 귀환까지 겹경사가 이어졌다.

굳이 아쉽다면 눈앞의 사다인이나 도성 무암 진인과 제대로 겨루어 보지 못했다는 것 정도.

하지만 그것도 문제였다.

이겨도 져도 모두 작지 않은 시달림을 당할 일이며 어찌 되었든 두 사람과 겨룬다면 파천비륜을 모조리 꺼내 보여야 할 것이 분명하니 굳이 그러고 싶은 마음이 아니었다.

이미 도성의 검을 한 번 막아낸 것으로 충분했다.

하여 삼 할의 실력을 감춰두라는 강호의 격언을 따르고자 하는 것이다.

더군다나 두 사람을 꺾기라도 한다면 문제는 더욱 복잡해질 것이다.

혁무린의 존재를 아는데 천하제일이라는 낯 뜨거운 별호를 달 수도 없고 그럴 자격도 없다는 생각이었다.

하니 절대 그런 대결을 만인이 보는 앞에서 할 생각이 없는 것이다.

"형님 말씀대로 따르겠습니다. 다만, 다시 말씀드리지만 살상은 아니 됩니다. 일왕각이라면 더욱더……."

"나는 말이다. 지키지 못할 약속은 하지 않아. 죽여야 될 상황이라면 최대한 빨리 죽이는 게 내가 살아남는 법이거든."

휘적휘적 걸어 나가던 사다인의 신형이 빠르게 산자락을 타기 시작했다.

여전히 짐승의 그것처럼 날래기 만한 모습, 그런 사다인을 뒤따르는 단목강의 눈빛이 기이하게 떨렸다.

어쩐 일인지 무겁게만 느껴지는 몸뚱이와 아침나절부터 미약하게 울어대는 등 뒤의 혈마도가 그의 심사를 더욱 복잡하게 만드는 것이었다.

* * *

중청 광장은 그야말로 시산혈해의 참상이 벌어지고 있었다.

축귀지옥이 이러할까 싶을 정도의 아수라장, 더욱이 시간이 지날수록 비명은 커져만 가고 있었다.

담장 주위에 자리하던 일만에 달하던 무인들이 쇠뇌의 가공할 위력에 도망치듯 비무대 쪽으로 몰리며 먼저 있던 명문의 고수들마저 위태롭게 된 상황!

하여 저마다 활로를 뚫기 위해 사방으로 흩어져 보지만 한 번에 수백 수천 발씩 쏘아지는 쇠뇌살 앞에 속수무책일 수밖에 없었다.

기회는 오직 쇠뇌살을 갈아 끼우는 길지 않은 시각뿐, 하나 그 순간 창검을 든 병사들을 베어낸다 해도 결국 다시 날아온 쇠뇌살에 벌집이 되어 쓰러질 수밖에 없었다.

물론 금군이나 관병들도 벌써 천여 명의 목숨이 끊어졌지만 삼분지 일이나 죽어 나자빠진 강호무림인들에 비할 바는 아니었다.

그럼에도 쉬 돌파구를 찾을 수 없는 것은 그만큼 금군의 준비가 치밀하다는 것이었으며, 그런 난전 중에 새롭게 군세 오천이 합세했기 때문이었다.

동천목의 길을 막고 있던 오천의 금군이 더해지자 조금 전부터 무림인들이 일방적으로 도살당하기 시작했다.

살신성인으로 길을 뚫어 나가는 이들의 앞길은 금군 사이사이 자리한 장수들과 푸른 관복을 입은 동창의 위사, 그리고 무복을 입은 내밀원의 고수들이 합종하여 차단했다.

그들 역시 결코 무시할 수 없는 고수들, 그들과 쇠뇌를 든 금군이 연수해 펼치는 공세에 강호무림인들이 속절없이 당할 수밖에 없는 것이다.

시간이 지날수록 활로는 점점 줄어들고 있었다.

누군가는 살려만 달라고 외치기 시작했고, 검을 버리고 달려 나가다 쇠뇌에 온몸이 꿰뚫리는 일마저 쉼 없이 연이어졌다.

도저히 벗어날 길이 보이지 않는 참상, 그나마 위안거리라면 도성 무암 진인의 신위였다.

오직 중청 단상을 향해 한 발 한 발 다가서는 무암 진인의 모습.

그는 이미 비무대의 무리와 떨어진 채 내밀원의 무인 일백과 어림군 장수 오십, 거기에 오백의 북로군 무장들에 겹겹이 둘러싸인 상태였다.

화려한 검초나 위력적인 검기, 검강 없이 일검에 하나씩 단호하게 적들을 베어가며 앞으로 나아가는 것이다.

그가 지나쳐 온 곳에 누운 시체들만 해도 헤아릴 수 없을 정도, 노구를 이끌고 그저 베고 또 베며 전진하는 그의 검에 마주한 이들 모두 두려움에 떨지 않을 수 없었다.

하나 곽영은 그런 무암 진인을 그저 말없이 바라보고 있을 뿐이었다.

유기문을 먼저 알지 못했다는 그 무위 앞에 경배했을 것이 틀림없는 존재가 바로 무암 진인이었다.

하나 그를 살핌에 있어 존경의 마음은 없었다.

단지 그를 보며 지난날 유기문이 남긴 진언을 떠올릴 뿐이었다.

'흠, 공이 하단에만 있지 않다는 것이 무엇인지 알겠구나. 한없이 자연스럽고 한없이 자유로운 검, 이게 상단의 힘이란 것인가? 저걸 얻으려면 대체 어찌해야 하는 것이지?'

무위를 품평하듯 무암 진인의 검에서 눈을 떼지 못하는 곽영의 귓가로 처절한 원망이 담긴 음성이 들려왔다.

"곽가 이놈! 소림의 속가가 어찌 이런 만행을!"

불문사자후의 공력이 담긴 음성이니 지옥도나 다름없는 혼란 속에서도 또렷이 전해질 수 있었다.

목소리의 주인공은 백팔나한의 중심에 선 나한당주 원공 대사였다.

확실히 그들 정도의 고수들에게는 쇠뇌 따위는 통하지 않았다.

다만 눈에 띄게 지쳐 가는 기색이 확연히 드러난다는 것.

이는 망균이 그들의 내공을 더욱 빨리 잡아먹기 시작했다는 것을 뜻하는 바.

결국 시간이 지나면 누구도 살아남지 못할 것이다.

아니나 다를까 분노해서 날뛰던 제법 이름 난 고수들이 하나둘 고치가 되어 쓰러지고 있는 실정이었다.

하나 정말로 신경 쓰이는 것은 무암 진인이 아니었다.

묘하게도 한 무리에 뒤섞여 있는 세 명의 도객들이었다.

도왕과 북천신도, 그리고 팽가의 소가주가 바로 그들이었다.

우연인지 모르겠지만 셋 모두 대도를 휘두르는 이들로 가볍게 쇠뇌를 튕겨내며 무리한 움직임을 보이지 않는 것이다.

다만 그들이 지키는 무리에 이름난 여인들 몇이 섞여 있다는 것, 그리고 그녀들이 전일 공주와 함께 납치되었던 이들이란 사실이 묘하게 거슬리는 것이다.

"부관!"

한창 난전 중인 상황에 절강의 도지휘 첨사를 부르는 곽영.

"저쪽 말이야! 집중해서 공격해 봐. 너무 여유로운 게 기분 나빠."

"복명!"

부관이 부리나케 움직여 명을 하달했다.

나팔 소리가 길고 짧게 몇 번 울리더니 무장의 양손에 들린 깃대가 이리저리 휘둘러지며 세 명의 도객이 자리한 무리들을 가리켰다.

그 순간 단번에 수백 발의 쇠뇌살이 그들 무리를 향해 집중되기 시작했다.

금도산을 비롯한 골패륵, 팽일원의 눈이 부릅떠질 수밖에 없었다.

저마다의 이유로 자연스레 그 자리에 모인 이들이었다.

연후와 그 지기인 사다인을 위해 당예예와 은서린을 지키고자 하는 금도산, 혁무린이 없다지만 그와 무관치 않은 단목세가의 여인을 지키려는 골패륵, 역시나 전일 혁무린의 힘에 미증유의 힘을 느낀 팽일원이기에 자연스레 자신과 싸웠던 천음화 단목연화를 지키고자 하는 마음인 것이다.

그런 상황에 한꺼번에 수백 발의 쇠뇌살이 맹렬히 쏘아지고 있으니 여유를 부릴 때가 아니었다.

세 개의 대도가 각기 다른 빛을 발하며 허공을 휘젓자 천지를 찢어발기는 듯한 금속음이 사방팔방으로 비산했다.

한꺼번에 쏘아진 쇠뇌가 거의 동시에 튕겨진 일로 인해 일순간의 정적이 찾아온 듯한 상황.

하나 그것이 끝이 아니었다.

팽일원이 혼원신공을 극으로 끌어올렸다.

그에게 쇠뇌를 겨루었던 이들의 머릿속을 두려움으로 하얗게 탈색시켜 버릴 정도로 무시무시한 살기가 퍼져 나갔다. 그 살기를 이겨내지 못하고 칠공에 피를 토하며 쓰러지는 이가 수십에 달했다.

한편 골패륵은 북명신공을 극한으로 끌어올렸다.

금군에는 보이지 않지만 그 순간 그의 머리 위론 하늘 끝까지 치솟은 거대한 도의 형상이 만들어졌다.

천상의 월신이 하강하여 반월의 대도를 세운 듯한 모습.

골패륵은 그 도를 그대로 휘둘렀다.

콰콰콰콰콰쾅!

좌중을 경악케 할 정도의 굉음이 터져 나왔다.

하나 쓰러진 금군은 오히려 팽일원보다 훨씬 적었다. 다만 전방의 담벼락을 비롯하여 그 뒤편 태음청이라 이름 붙은 삼층 전각을 통째로 무너뜨린 것이 전부였다.

난전을 펼치는 무인들과 달리 군진이 무엇인지 병법이 무엇인지 통달한 이가 바로 북원의 무신이라고까지 칭송받던 골패륵이었다.

그 한 번의 공격으로 진세의 한쪽이 완벽히 무너졌으니 최소한 피할 길조차 찾지 못하는 형국은 벗어날 수 있게 된 것이다.

그런 골패륵의 일도가 만들어낸 결과가 무엇인지 단번에 깨우친 금도산은 중단을 활짝 열었다.

화르르륵!

염왕진결을 수반하지 않았으니 골패륵과 같은 모습일 수는 없었다.

다만 그의 대도를 타고 인 화령의 불꽃이 진기에 얽매이지 않고 더욱 자유로워졌다는 것이 중요했다.

금도산의 대도가 허공을 향해 비산했다.

염왕도법의 최후 절초인 공파탄강의 응용이었다.

거대한 네 덩이 불꽃이 비산하여 각기 남은 세 개의 전각 곤좌전, 건우청, 백양전의 지붕 위로 쏘아졌으며 남은 하나는 곽영이 자리한 중청까지 뻗어 나간 것이다.

각기 전각 위에 포진하던 이들이 화들짝 놀라 뛰어내린 것은 말할 것도 없이 이를 막아 보겠다고 몸을 날렸던 내밀원의 고수들마저 화염 덩어리가 되어 녹아내렸다.

삽시간에 세 채의 전각들이 거대한 불기둥에 휩싸이자 금군의 지휘 통제에도 커다란 혼란이 일기 시작했다.

그나마 중청으로 날아오는 불덩이는 이제껏 자리하고 있던 곽영이 자리를 박차고 날아올라 반으로 갈라 버렸을 뿐!

하나 검을 뽑아 든 곽영의 눈은 편치 않았다.

상대는 도왕 금도산!

대인 유기문의 하나뿐인 의형이자 환우오천존 중 염왕도제의 전인이었다.

아무리 내친걸음이라도 쉬 무시할 수가 없는 인물, 그를 도발해 능력의 진위를 파악하는 일 정도가 곽영이 할 수 있는 일의 전부였다.

"흠! 지옥 염왕의 불길이란 게 과장만은 아니로군."

검병을 쥔 손끝이 옅은 화상으로 익어 있음을 확인한 곽영의 눈엔 묘한 기대감 같은 것이 서려 있었다.

다시 한 번 단전의 내공만이 전부가 아니며 이 일 후에 새로운 길을 보게 될 것이라는 유기문의 말을 확인했기 때문이었다.

다른 길이 있다면 가면 될 일, 하니 유기문이 만들고자 하는 세상과 강호도 충분히 강해져야 할 이유가 있음을 알았으니 그 또한 기쁘지 아니할 수 없었다.

'그나저나 사상진이 무너졌으니 당분간 지루한 싸움이 이어지겠어.'

곽영이 손짓으로 다시 부관을 불렀다.

"안휘와 절강 쪽 병력은 어디쯤인가?"

"전군 속보로 이동. 반 시진 후면 도착합니다. 후군이 합류하는 일몰 때면 개미 새끼 하나 빠져나갈 수 없을 것입니다."

"그래? 산속이라 생각보다 해가 짧아. 그 말 반드시 지켜야 할 거야. 병사들이 필요 이상으로 희생되면 누군가는 책임져야 할 테니."

"복명!"

화들짝 놀란 부관의 복창 소리를 듣는 둥 마는 둥 하며 곽영의 시선이 다시 난전으로 이어지고 있는 광장 쪽으로 향했다.

확실히 한결 여유로워진 강호인들의 저항이 보였다.

또한 점점 더 가까워지고 있는 무암 진인의 모습도 새삼 확인할 수 있었다.

그럼에도 곽영의 입가에는 묘한 미소가 그려졌다.

"후후, 참 이상해. 다시 맡은 전장의 향이 이렇게도 반가울 수가……. 대인께선 나를 잘못 보신 게야. 보라구. 저 열정을! 저 분노를! 저 광기를! 이게 진짜 무림이란 말이지!"

전장의 광기가 곽영의 눈을 점차 충혈시키고 있는 시간이었다.

*　*　*

유기문의 신형이 휘몰아치는 강풍처럼 쏘아지고 있었다.

심상치 않은 흔적을 발견했기 때문이었다.

아직은 여유가 있다고 믿었던 병사들의 발걸음이 다급하게 이동한 흔적을 본 것이다.

하루 전에 난 족적이 이렇게나 다급하다는 것은 예기치 않은 변수가 발생했다는 뜻.

일만의 병력을 급히 불러들인 일이라면 결코 가볍지 않음이 당연한 일이었다.

하단전 대약의 경지를 넘어 약신을 이룬 후부터 내력의 고갈을 느껴본 적이 없는 유기문이었다.

비우고 채워지는 것이 찰나의 순간이니 내력의 부족함을 느낄 이유가 없었던 것이다.

하나 이번만은 달랐다.

그야말로 매 순간 모든 진기를 폭발시켜 나아가고 또 나아가고 있는 것이다.

그저 기우일 수도 있다는 생각은 하지 않았다.

우연의 법칙은 한 번으로 족한 일, 지다성이란 여인의 탈을 쓴 괴노인을 본 뒤 벌어진 일에 어떠한 작위의 흔적을 발견한 유기문이었다.

멈칫거리거나 망설이다 천추의 한을 남길 수는 없는 일이었다.

더구나 천목산에 불러들인 이들은 유기문에게도 적지 않은 연이 있는 이들이었다.

하니 무언가를 고민하며 망설일 이유가 없는 것이었다.

유기문의 신형은 그야말로 광풍이며 폭풍이었다.

그가 지나간 자리마다 수풀이 드러누웠고 잡목이 뽑혀나갈 지경이었다.

한데 그런 유기문의 신형이 어느 순간 그대로 멈출 수밖에 없었다.

허공에서 내리꽂히는 강렬한 한 줄기 빛살 때문이었다.

유기문이 전방으로 나아가던 방향을 뒤틀자 그가 앞 쪽지면 위로 강렬한 붉은 섬광이 내리꽂혔다.

콰광!

깊이를 쉬 잴 수 없을 정도로 깊게 파인 구멍을 확인한 유기문의 눈이 섬광이 쏘아진 허공을 향했다.

그곳에는 천천히 내려오고 있는 짙은 흑발의 사내가 있었다.

그 모습을 확인한 순간 유기문은 너무나 많은 생각들이 한꺼번에 밀려와 잠시간 당혹스러운 표정을 지어야만 했다.

오래전 겨울 부친을 보내야 했던 때 유가장에서 보았던 연후의 지기가 틀림없어 한 번 놀랄 수밖에 없었고, 그런 자식의 친우가 자신을 공격했다는 것에 또 한 번 놀라야 했다.

더더구나 손가락 하나에서 뿜어진 놀라운 형태의 지공, 봉공이란 자들 중 하나가 사용하는 무공이 그러하다는 이야길 들은 기억이 있었지만 어찌 그것을 아들의 친구가 사용할 수 있는지 이해할 수가 없었다.

하나 무엇보다도 유기문을 놀라게 한 것은 자연스럽게 행한 관을 통해 보인 그의 모습이었다.

그 순간 온몸이 얼어 버리는 듯한 착각에 빠져야만 했다.

아무것도 볼 수 없었다.

상대의 속마음까지 꿰뚫을 수 있는 자신의 눈이 상대의 그 무엇도 파악하지 못한다는 사실이 유기문을 너무나 당혹스럽게 만드는 것이었다.

무결한 상대.

천 년 고목도 만 년 거암도 가진 결이 존재치 않는 상대를 바라보는 유기문의 심정은 너무나 복잡한 것이었다.

하나 관이 없다 해서 상대가 짓고 있는 짙은 살의를 모를 정도로 아둔하진 않았다.

그리고 그 잠시의 순간 상대의 눈에 서린 갈등의 빛을 통해 그 역시 자신이 연후의 부친이라는 것을 알고 있다는 사실 역시 충분히 파악할 수가 있었다.

하여 마음이 이는 대로 편한 응대를 할 수 있었다.

"오랜만에 보는구나. 이유를 물어도 되겠느냐?"

자식의 친우라 여기기에 자연스레 나온 하대였다.

또한 적의와 살의를 느끼는데 괜한 소리를 나눌 이유가 없다 여겼다.

이에 마주한 사내 혁무린이 입을 열었다.

"그렇지요? 오 년만인데 그땐 정말 몰랐네요. 이렇게 될 거라곤."

"답하지 않았다. 나를 막은 이유가 무엇이냐?"

"제가 먼저 묻지요. 망균 따위를 다시 세상에 뿌려놓은 이유가 뭔가요? 대답 잘하셔야 해요. 아저씨, 죽을 수도 있어요."

혁무린의 나직한 음성, 순간 유기문의 얼굴에 복잡한 상념들이 삽시간에 교차했다.

"설마 자네가 망량의 후예란 말인가?"

아무래도 말이 되지 않았다.

그가 진짜 망량이라고 해도 그 존재를 이렇게 빨리 만나게 될 줄은 몰랐고, 그가 아들의 지기일 것이라곤 더더욱 생각조차 못했으며, 이것이 우연이 아닌 어떤 음모라는 것 역시 너무나 당연했다.

그럼에도 현실을 받아들여야 한다는 것 역시 틀림없었다.

"아저씨! 이게 마지막 기회에요. 진짜 내가 이해할 수 있는, 그래서 나를 설득할 수 있는 기회를 주는 거예요. 그

녀석 때문에. 그러니까 제발 나를 이해시켜 보세요."

혁무린의 음성은 간절했다.

어찌 보면 투정 부리는 아이처럼 보이기도 했고 또 어찌 보면 극형을 언도하기 전 죄인을 구명하려는 판관의 모습처럼 느껴지기도 했다.

하나 그것 또한 모두가 진심임을 충분히 받아들일 수 있었다.

문제는 지금의 상황이었다.

딱히 상대가 아들의 친구이기 때문이라거나 자신의 능력을 믿어서가 아니었다.

망균에 대해선 정말로 쉬 말 몇 마디로 다 설명할 수 있는 일이 아니었기 때문이다.

또한 지금의 강호가 사라져야 하는 이유 역시.

그럼에도 유기문은 내어놓을 수 있는 최선의 답을 이야기했다.

아들의 지기가 아닌 망량이란 존재를 향해.

"보다 많은 사람들이 행복해지기 위해서라고 하면 이해할 수 있겠는가?"

유기문의 답에 혁무린은 잠시간 아무런 말도 꺼내지 않았다.

그저 유기문 이상의 깊은 눈길로 그를 응시할 뿐.

하나 그런 혁무린의 반응이 또한 의구심이라는 것을 파

악한 유기문이었다.

"당연히 있어야 하는 것처럼 존재하는 것들 중엔 의외로 없어지면 나은 것들이 있다는 생각이네. 소수에게 허락된 것들이 다수를 지배하고 억압하는데 사용하는 것이 과연 옳은 일이겠는가?"

연이어진 유기문의 말에 혁무린의 미간이 일그러졌다.

"쥐뿔도 모르면서 다 아는 척하지 마!"

날카롭게 이어진 혁무린의 목소리와 분노, 그러자 오히려 의구심을 가득 담은 것은 유기문의 눈빛이었다.

"소수와 다수를 나눈 게 누구라고 생각하는 거야? 본래부터 공평하게 전한 것을, 그러기 위해 죽어간 사람들이 얼마인지 네놈이 알기나 하는 거야?"

유기문조차 전혀 이해 못할 이야기였다.

서왕궁과 자부가 나누어져 서로 멸문에 가까운 피해를 입어야 했던 상고시대의 이야기, 이는 세상이 알지 못하는 까마득한 세월 전의 일들일 뿐이었다.

"그렇게 전해진 것을 네놈들 스스로 편 가르고 뭉쳐 멋대로 휘두른 것뿐이야. 너 따위가 뭐라고, 네놈 따위가 뭐라고 그 힘을 거두겠다고 지랄이란 말이냐!"

혁무린의 노성이 이전까지 겪어보지 못한 거대한 장막이 되어 유기문을 압박해 들어왔다.

관을 통해 보아도 도저히 돌파구를 찾아낼 수 없는 기세!

하나 유기문 역시 쉬 이해되지 않는 이야길 꺼내는 혁무린에게 마냥 휘둘리고 있을 이유는 없었다.

"망량! 그대가 그 이름처럼 사람이 아니라면, 진정 사람의 편에 서보지 않았다면 함부로 입에 담지 마시게. 사람은 말일세, 하늘을 날고 태산을 가를 힘보다 제 자식 굶기지 않는 능력에 족해하는 법이니!"

혈육의 지기가 아닌 베어야 할 적으로 인식한 유기문 또한 기세를 감추지 않았다.

순식간에 유기문 전신으로 피어나는 헤아릴 수 없는 빛무리들!

그 순간 혁무린의 눈빛에 잠시간 나직한 떨림이 일었다.

단순히 유기문의 무위 때문이 아니라 이제껏 단 한 번도 생각해 보지 못했던 말을 들었기 때문이다.

그렇다고 해도 용서할 수 없는 궤변이었다.

강호의 근간이 되는 힘을 부정하는 순간 자부의 존재 이유 또한 무용한 것이며, 천 년의 업을 지고 사는 삶과 자신마저 모조리 부정된다는 생각 때문이었다.

더구나 한가로운 때가 아니었다.

상대는 공령의 깨우침을 얻은 자, 어쭙잖은 중원의 무공으로 제압한다는 것이 어불성설이었다.

무린의 눈이 일변했다.

처음의 살기가 한풀 꺾인 것은 분명했지만 그렇다고 용

서해 줄 마음 때문은 절대 아니었다.

"결국 이걸 또 쓰게 만들었단 말이지!"

유기문이 만들어낸 빛무리가 시꺼먼 장막을 삽시간으로 찢어발기는 그 순간 무린의 서 있는 공간이 요동치기 시작했다.

유기문의 눈동자가 치떠지는 그 순간 이제껏 주변을 감싸고 있던 어둠의 장막보다 더욱 짙고 두려운 어둠이 생겨났다.

망량겁조라 전해지는 존재의 몸 가운데서 시작된 짙고 짙은 암흑.

눈으로 볼 수 없으면서도 그저 느껴지기만 하는 너무도 짙은 암흑이었다.

그 짙은 암흑이 본래 자리하고 있던 어둠마저 일거에 소멸시키는 것이 똑똑히 전해졌다.

순간 유기문의 전신으로 오싹한 한기가 퍼져 나갔다.

상상도 하지 못할 두려움이 밀려들었지만 상단의 금령이 굳건히 일어서 모든 두려운 감정들을 막아냈다.

하나 그마저도 버겁다는 느낌을 지우기 힘들었다.

그러면서도 무언가가 그 어둠 속에서 튀어나와 모든 것을 빼앗아 갈 것만 같은 느낌을 지울 수가 없었다.

그래서 더욱 쉬 움직일 수가 없었다.

그럼에도 그 순간 선공이 방어보다 좋은 선택이란 판단

을 할 수가 있었다.

시꺼먼 장막을 찢어낸 것처럼 무결해 보이는 상대를 흔들 수 있는 방법 역시 선공이 최선이란 생각이었다.

결도 약점도 전무한 상대에게 행할 수 있는 유일한 수단.

다시 한 번 유기문의 전신에서 피어난 헤아릴 수 없는 빛의 검들이 일제히 날을 세웠다.

그리고 그중 한 자루가 그야말로 어마어마한 속도로 폭사되어 갔다.

무린의 몸 가운데서 발해지고 있는 거대한 암흑의 구덩이를 꿰뚫고 들어가는 한 자루 빛의 검!

순간 그 시꺼먼 구멍의 입구에서 믿을 수 없는 굉음이 터져 나왔다.

쿠쾅!

눈빛이 일변한 유기문의 검이 일제히 요동치기 시작했다.

흡사 연꽃의 가지런한 문양처럼 전방을 향해 도열한 빛의 검들이 엄청난 속도로 회전하며 전방으로 하나씩 쏘아지기 시작한 것이다.

긴 빛의 꼬리를 남기고 이어지는 의형검강(意形劍罡)의 강렬한 기세가 무림의 정면으로 끊임없이 밀려들었다.

흡사 두더지가 미친듯이 땅을 헤집듯 암흑의 장막에 내리꽂히는 검의 행렬은 연이어 소름 끼치는 격타음을 토해내고 있었다.

퍼퍼퍼퍼퍼퍼퍼퍽!

그러면서도 점점 더 커지는 소리들, 무언가가 그 어둠을 뚫고 나오고 있다는 것을 누구라도 알 수 있는 상황이었다.

유기문의 눈빛이 다시 부릅떠졌다.

날아가며 비워진 자리에 새로이 생겨난 빛의 검들이 다시 한 번 출렁였다.

그렇게 진형을 새로이 바꾼 의형검강이 이번에는 한꺼번에 전방으로 쏘아지며 상상하지 못할 정도의 거대한 검 한 자루로 뒤바뀌었다.

점점 자라나고 있는 암흑은 물론 그 뒤편에 선 혁무린마저 꿰뚫을 수 있을 것 같은 무시무시한 공격!

그 순간 유기문으로선 도저히 믿지 못할 일이 벌어졌다.

어둠 속에서 불쑥 튀어나온 거대한 손이 날아드는 거대한 검을 그대로 후려쳐 버린 것이다.

콰쾅!

엄청난 충격에 발자국을 남기며 뒤로 물러나야 했던 유기문의 눈이 전에 없이 크게 흔들렸다.

어둠을 뚫고 나온 거대한 손을 따라 점점 더 진체를 드러내는 그 존재를 그저 바라보고 또 바라볼 수밖에 없었다.

이윽고 온전한 모습을 모두 드러낸 거대한 형상 앞에 유기문은 외려 처음보다 더욱 평온해진 모습이었다.

눈앞에 선 것은 고개를 처들어야 그 모습을 다 확인할 수 있는 거대한 형상이었다.

악신의 얼굴과 여덟 개의 팔을 가진 거대한 형상, 그것이 여느 절의 벽화에서도 흔히 볼 수 있는 부동명왕의 모습임을 의심할 수가 없었다.

물론 석상이나 불화 속의 그것과는 너무나도 다른 위압감이 가득했지만 그것만으로 결코 흔들리고 싶지 않았다.

거대한 명왕의 오른팔 중 하나가 잘려 있음을 보았기 때문이었다.

이는 무결하지 않다는 의미, 누군가 베었다면 자신 역시 그러할 수 있으리라 다짐하는 것이다.

하나 그것이 얼마나 큰 오만인지 순식간에 확인할 수 있었다.

적의를 감지한 부동명왕의 무시무시한 눈이 유기문을 향해 쏘아졌다.

그리고 이내 날아드는 거대한 명왕의 손마디.

그 속도는 눈으로 보는 것 이상의 빠름이었다.

재빠르게 몸을 날려 손의 궤적을 피해낸 유기문의 움직임 역시 나무랄 것이 없을 정도로 신묘했다.

하나 부동명왕의 팔은 인간의 그것과는 전혀 달랐다.

다른 일곱 개의 팔이 일시에 유기문을 압박해 들어왔다. 팔목이 잘린 팔마저 더없이 위압적인 기운을 담은 채 휘둘러지고 있으니 이를 피해내는 것마저 결코 쉬운 일이 아니었다.

아무리 유기문이 표홀한 움직임으로 명왕의 손길을 피해 낸다지만 이를 지켜보는 혁무린에겐 날파리가 손에 잡히지 않기 위해 버둥거리는 것으로 보일 뿐이었다.

하나 무린은 거기서 그치지 않았다.

처음 명계를 열었을 때는 감당할 여력이 없었으나 이제는 차고 넘치는 힘을 쌓은 후였다.

무린의 눈빛이 기이한 어둠에 휩싸인 순간 그의 모습이 암흑과 동화된 뒤 이내 명왕의 그림자 속으로 빨려 들어가듯 스며들었다.

그때부터 부동명왕의 움직임이 전혀 달라졌다.

이전까지의 모습과는 천양지차로 변해 부동명왕의 여덟 개의 손에서 각기 다른 절초들이 쏟아져 나오기 시작한 것이다.

여덟 개의 각기 다른 살벌한 무학이 펼쳐진 그 순간의 당혹스러움은 아무리 유기문이라 해도 버텨낼 재간이 없었다.

도저히 피할 공간을 찾을 수가 없었다.

하니 그저 혼신의 힘을 다한 공격을 감행할 뿐.

다시 한 번 유기문의 전신에 강렬한 빛무리가 어렸다.

그 빛이 찬란한 광망을 뿌리며 일제히 거대한 장력을 뿌리는 명왕의 팔을 향해 쏘아졌다.

하나 유기문이 막아낸 것은 금강장을 뿌리던 손 하나가

전부였다.

명왕의 왼쪽 허리춤에서 이어진 네 번째 손이 어느새 유기문을 후려쳐 온 것이다.

그 순간 육신의 모든 힘을 버리고 날아드는 강렬한 기세를 타 넘어보려는 유기문, 결국 이를 벗어날 길은 공령의 도 뿐이란 생각이었다.

하나 영육의 일체화가 완전하지 않은 터인지라 무결한 상대 앞에서 온전히 통용될 수 있을 것이라 장담할 수가 없었다.

상대에게 단 한 점의 결이라도 보인다면 이렇게 수세에만 몰리지는 않았을 터.

하나 유기문에게는 도저히 상성이 될 수 없는 존재가 바로 혁무린이었다.

공령지도의 끝이 닿아 있는 곳이 바로 자부이며 그 공령조차 넘어선 천무의 계승자가 바로 당대 자부의 주인인 혁무린인 것이다.

그러니 명왕을 강림시킨 혁무린 앞의 유기문은 본래부터 정해진 승부를 벌이고 있는 것에 지나지 않는 것이었다.

머잖아 유기문이 거대한 손아귀에 압사되어 버릴 것 같은 순간이었다.

난데없이 터져 나온 굉음!

콰쾅!

거대한 손바닥 가운데로 맹렬하게 타오르는 검신을 박아 넣은 이가 부동명왕을 물러서게 했다.

쿠오오오오오!

천지가 뒤집힐 것 같은 괴성이 토해지는 부동명왕의 형상보다 오직 낯익은 그 뒷모습에 고정된 유기문의 눈동자가 크게 잔잔하게 떨리기 시작했다.

"더는 안 된다. 무린아! 더 이상 나를 화나게 하지 말아다오."

거대한 명왕의 형상 앞에 오연히 선 연후의 음성이었다.

그런 연후의 손에 들린 채 타오르는 초연검의 강렬한 열기처럼 높이높이 치솟고 있는 때였다.

第七章

모사재인(謀事在人)
성사재천(成事在天)

중청 광장에 포위되어 협살당하고 있는 무림인들의 상황은 점점 더 최악으로 변해가고 있었다.

쇠뇌로부터 비교적 자유롭다 여겨지는 때 주축이 되는 고수들이 탈출로를 뚫기 위해 움직이기 시작했다.

최우선적으로 곽영을 베고자 했던 무암 진인마저 중과부적을 깨닫고 생각을 고쳐먹을 수밖에 없는 상황이었다. 그가 나서자 당연히 막혔던 길이 열릴 것이라는 희망이 생겨났다.

하나 그 순간 들이닥친 일만의 금군은 강호인들에게 더한 절망을 안겨 줄 수밖에 없었다.

그나마 처음 상대해 쓰러뜨린 금군들보다 눈에 띄게 약

하다는 것과 쇠뇌보다는 장창과 단궁으로 무장했다는 것이 위안거리일 뿐이었다.

그렇다고 해도 이제 절반이나 남았을까 말까 한 강호인들의 수에 비해 압도적인 군세였다.

더욱이 비관적인 것은 오천 도 남지 않은 강호의 무인들 중 태반이 뒤로 물러서 연명한 삼류무인들이라는 것이었다.

앞서 길을 열고자 했던 명문의 고수들이 수도 없이 희생되었으니 상황은 더욱 암울하기만 했다.

그나마 홍조의 비무까지 올랐던 절정 무인들이 그들 사이에 간간이 섞여 있어 몰살의 시간을 힘겹게 버텨낼 뿐이었다.

그중 압도적인 신위를 보이는 이들 역시 존재했다.

무암 진인은 더 언급할 것도 없었지만 검룡 남궁인이나 팽가의 소가주 팽일원의 무위는 무암 진인 이상의 두려움을 금군에 심어 주기에 충분한 것이었다.

하늘거리는 움직임으로 쉼 없이 금군을 베어내는 남궁인의 초연검결도, 마주한 금군을 옴짝달싹할 수 없게 만들어 버리는 팽일원의 혼원신공도 모두 경세의 절학임을 다시 한번 느끼게 해 준 것이었다.

그것은 금도산 역시 마찬가지였지만 그는 금군을 베는 일보다 누군가를 지키는데 더욱 열심이었다.

그런 이들 중 북천신도 골패륵의 몰골은 말이 아니었다.

허벅지에 쇠뇌살을, 왼쪽 견갑골에 화살을 격중당한 그의 무위는 현저하게 떨어진 것이 느껴질 정도였다.

이제는 도강은커녕 도기조차 뿌리지 못하고 그저 날아드는 화살을 피하며 다가서는 적들을 근근이 베어낼 뿐이었다.

골패륵의 사정이 그러하니 다른 명문의 고수들이라고 다를 것이 없었다.

그나마 무당의 일대제자들과 소림의 나한승들이 대오를 흐트러뜨리지 않고 서로를 독려하고 있을 뿐, 이름 난 명문이고 세가고 할 것 없이 모조리 와해 직전에 이른 지경이었다.

뒤늦게 참가해 잠시 잠깐 암기와 독으로 신위를 떨친 당가의 고수들 역시 이제는 살아남은 이를 찾는 것이 더 힘든 지경, 이는 당예에 역시 크게 다르지 않아 천수화란 별호는 사라지고 오직 독심마수(毒心魔手)란 별호를 얻었던 그날의 모습을 보일 뿐이었다.

'유 공자님! 대체 어디 계신 건가요.'

그러면서도 마음 한편으로 애타게 연후를 부르짖는 당예에였다.

그가 온다면, 그가 나타난다면 이 지독한 패악의 현장에 어떻게 해서든 종지부를 찍을 수 있을 것이란 한 가닥 기대가 그녀를 버티게 만드는 것이었다.

그렇게 정인을 찾는 마음은 단목연화나 은서린 역시 크게 다르진 않았다.

이제껏 살아남은 것이 기적이라 해도 이상치 않은 상황이었다.

도왕과 북천신도가 지켜주지 않았다면 벌써 온몸이 고슴도치가 되었을 것이 자명한 일.

아무리 눈을 씻고 찾아봐도 살아남은 여인들은 기껏 수십이 전부였다. 젊은 제자들을 이끌고 온 아미와 같은 명문조차 늙은 비구 몇 만이 살아남아 간신히 버티는 상황이니 다른 곳은 말할 것도 없었다.

그나마 제갈소소가 검룡 남궁인의 악착같은 보호를 받으며 버티는 상황이니 그 참혹함은 말로 다 설명할 수가 없는 지경이었다.

하니 단목연화나 은서린의 애타는 마음 역시 매한가지일 수밖에 없었다.

하나 두 여인은 서로가 다른 이유로 각기 마음속 정인을 찾고 있었다.

'혁 공자! 절대 오시면 안 돼요. 당신이라도 빠져나가야 해요.'

'제발! 도와주세요. 이놈들을 모조리 없애 달란 말이에요. 죽기 싫단 말이에요. 이제야 당신 마음을 알았는데 이렇게 죽을 수는 없잖아요. 제발요! 제발 살려달란 말이

에요.'

마음속으로 처절하게 정인을 찾는 여인들, 더 이상 버티는 것도 버겁기 만한 그녀들에게 잠시의 시간을 벌어준 것은 그녀들이 찾던 정인이 아니었다.

일왕각에서 중청으로 이어지는 곳에 모습을 드러낸 자운 공주 때문이었다.

호종하는 병사도 없이 단 세 명의 무인과 동행하여 나타난 자운 공주.

그녀의 목청이 찢어져라 열리며 대노한 음성이 중청 광장을 향해 터져 나왔다.

"당장 멈추거라!"

누구도 예기치 못했던 공주의 일갈에 금군의 공세가 주춤거릴 수밖에 없는 상황, 그제야 그녀의 등 뒤에 닿아 있던 단목중경의 장심이 거두어졌다.

중청의 소란이 시작된 것이 한 시진 반 전의 일, 만류하는 단목중경을 기어코 설득하여 이 자리에 선 자운 공주의 눈빛은 너무나도 처연했다.

구중심처에서 금이야 옥이야 자란 자운 공주가 견뎌내기엔 너무나도 참혹한 모습이 아닐 수가 없었다.

보이는 것이 전부 시체뿐이 없는 것 같았다.

토악질이 나오려는 것을 간신히 참아내는 것도 힘든 지경이었다.

그럼에도 불구하고 그녀는 더욱 정신을 차려야 했다.

시아버지가 되는 단목중경의 청마저 뿌리치고 황실의 공주로서 자리한 것이 이 참담한 상황을 막기 위해서인데 입도 떼기 전에 추한 꼴을 보일 수는 없었다.

"곽 장군! 당장 군세를 물리세요."

자운 공주의 음성엔 분명 황족으로서의 위엄이 가득했다.

하나 상대는 곽영이었다.

그녀의 말 한마디에 냅다 머리를 숙이는 이가 절대로 아닌 것이다.

마침 상황이 무료하게 흐르던 차에 등장한 공주와 단목중경은 충분히 흥미로운 사실이었다.

사실 이만큼 했으면 결과는 차고 넘치는 것이다.

망균을 품고 세상 전체에 고루 퍼트릴 이들은 살려줘야 한다는 생각인 것이다.

물론 죽여도 별 상관은 없었다.

다만 공력을 잃고 찌질하게 살아가는 것보단 이 자리에서 죽는 것이 옳은 것이라 생각할 뿐.

여하간 공주의 당돌한 등장은 곽영에게 새로운 흥밋거리였고 그 옆에 선 단목중경은 물론 더없이 관심이 가는 상대였다.

일전에 잠시 상대해 본 팔비신륜이란 기병에 대한 호기심도 상당했고, 그 자식 놈 앞에서 모욕적인 소리까지 들은 기억이 있으니 받은 것은 돌려주고 싶은 마음이 드는 상대였다.

"뭣들 하느냐? 강호의 무부들이 또다시 공주 마마의 신병을 유린하려 하는 것을!"

곽영의 한마디에 금군의 눈빛이 달라졌다.

신명을 받쳐 따르는 대장군의 명이었다.

상대가 아무리 봉명궁의 공주라 해도 곽영의 말을 먼저 따르는 것이 수하된 도리.

더구나 상황마저 완벽히 만들어 주었으니 곽영 뒤편에 도열한 장수들이 홀가분하게 움직일 수 있는 상황이었다.

북로군 최정예 무장들과 내밀원 소속의 고수들 십여 명이 공주를 향해 다가섰다.

"이놈들! 감히 황족을 능멸하려 한단 말이냐? 아바마마를 찾아뵙는 날 네놈들 모두 구족 참시를 당할 것이다. 속히 물러서거라."

서릿발 같은 그녀의 태도에 다가서던 장수들마저 주춤하는 상황.

하나 연이어진 곽영의 말에 자운 공주의 낯빛이 창백하게 변할 수밖에 없었다.

"폐하의 뜻을 수행하는 것이 제 사명이옵니다. 설마 황상의 윤허도 없이 제 독단으로 이 일을 시작했겠습니까?"

일순간 휘청거리는 자운 공주의 신형을 부축하는 단목중경.

그녀로선 입을 뗄 수가 없는 상황이었다.

아버지인 황제가 윤허했다는 말, 이만한 군세가 부친의 허락 아래 동원되었다는 말이 뜻하는 것은 분명했다.

아버지가 강호의 말살을 원한다는 것, 힘을 잃은 그녀는 단목중경의 부축이 없이는 서 있기 힘든 충격을 받아야 했다.

차마 죽어간 이들에게 또 앞으로 그 길을 걸어야 할 이들에게 죄스러워 고개조차 들지 못하는 그녀를 외면하며 곽영이 처음으로 자리에서 일어섰다.

"또 뵙소이다. 만날 때마다 번번이 악연이니 오늘 둘 중 하나는 황천을 보겠소이다."

단목중경을 향해 비릿한 음성을 지으며 걸어오는 곽영.

하나 단목중경의 응대는 싸늘함 그 자체였다.

"불성께서 아신다면 땅을 치고 통곡할 것이다. 정녕 사람의 탈을 쓰고 어찌 이럴 수가 있단 말이냐!"

울분이 들끓는 단목중경의 음성에 곽영은 그저 싸늘한 조소를 더했을 뿐이었다.

"뭐, 사람마다 추구하는 건 다른 법이지요. 뭐 그래도 상관없소. 어차피 오늘이 아니면 그대의 무공을 보기도 힘들 터이니."

곽영의 음성에 단목중경의 얼굴이 굳어질 수밖에 없었다.

그 또한 망균의 소식을 전해들었다.

상황이 이렇게까지 흘러가고 있는데 가문의 안위나 제 한 목숨에 연연할 단목중경이 아니었다.

다만 자식의 정인인 공주의 안전만은 어떻게 해서든 지켜주고 싶었다.

"공주 마마! 더 이상 모시기 힘들 것 같습니다. 제 곁은 위험하니 저쪽으로 넘어가시지요."

"아버님!"

예기치 못한 음성에 당황한 기색이 역력한 그녀를 향해 단목중경은 더없이 인후한 미소를 내비쳤다.

"아가! 자식 놈의 원망을 달고 사는 아비로 만들지 말아다오. 또한 내 마지막 원은 무인으로 죽는 것이란다."

연이어진 음성과 부축했던 팔을 놓는 단목중경의 태도에 자운 공주의 눈망울에 눈물이 맺혔다.

아니나 다를까 그녀의 곁을 호종하던 두 가신마저 한 발 물러서 단목중경의 옆에 섰다.

그들의 눈빛 또한 단목중경과 전혀 다르지 않았다.

불과 몇 년 전 겪었던 멸문지화에서 살아남아야했던 일이 내내 마음의 빚이었던 이들이 두 가신들이었다.

한데 원 없이 관병과 싸우다 죽을 자리가 생겼으니 어찌 기쁘지 않을 수 있겠는가.

오랜 세월 함께한 이들답게 서로를 보며 웃는 두 가신의 마음이 전해져 단목중경 역시 뿌듯한 마음일 수 있었다.

그 사이 공주의 힘없는 걸음이 무장들의 억척스런 손에 이끌려 곽영 뒤편으로 이어졌다.

그 모습을 가만히 지켜보던 단목중경의 입이 열렸다.

"그럼 세가 식솔들의 목숨 빚을 이제라도 받아 볼까."

슈슈슈슝!

일순간 허공으로 치솟는 네 개의 비륜이 경쾌한 파공음을 토해냈다.

참 신기하게도 며칠 전 아들 녀석에게 신륜을 되돌려 받을 수 있었다.

만류해도 한사코 되돌려 주며 이제는 더 이상 필요 없어졌다 말하는 자식의 음성에 그 성취가 자신을 훌쩍 넘었다는 사실을 깨닫게 되었다.

하니 미련도 아쉬움도 없었다.

네 자루 비륜이 순식간에 산개하며 허공을 휩쓸었다.

그와 동시에 다가서던 북로군 장수들의 목이 우수수 떨어져 텅 빈 모가지에서 피분수가 솟구쳤다.

이내 썩은 통나무처럼 무너져 내리는 십여 구의 시신들이 순식간에 다가서던 금군과 내밀원 무인들을 얼어붙게 만들었다.

그만큼 팔비신륜이 보인 위력은 대단한 것이었다.

도제의 수급을 베었다는 마병이 이제는 그 도제의 후인과 한편이 되어 공동의 적을 맞이하고 있었다.

때마침 들려오는 도왕 금도산의 음성.

"진기를 최대한 보존하게나."

"이 친구야! 나라고 이 상황을 모르겠는가? 걱정 말게. 산월참(散月斬) 정도라면 한 모금의 기운만으로도 운용이 가능하니 능히 일만 번을 펼치고도 남는다네."

호기로운 단목중경의 음성에 도왕 금도산이 웃어 보였다.

불혹을 넘긴 나이에 얻은 지기에게 더없는 정이 느껴지는 것이다.

"그 정도라면 등 뒤를 걱정할 필요는 없겠구먼."

"등 뒤뿐이겠는가? 오늘 강호는 다시 알게 될 것이야. 천하제일신병은 오직 신륜뿐이라는 사실을!"

*　　　*　　　*

"무린아! 더 이상 나를 화나게 하지 말아다오."

연후의 눈에서 뿜어지는 이글이글한 광망이 쏘아졌지만 마주한 부동명왕의 악귀 같은 얼굴은 더욱 무섭도록 일그러졌다.

"물러서! 너를 봐서 죽이진 않는다. 하지만 남은 평생 참회 동굴에서 보내야 한다."

"정녕 이리 나올 것이냐?"

"네 녀석이야말로 앞뒤 분간 못하는 거다. 네 아비의 죄악은 도저히 용서할 수 없는 것이야!"

그 말을 끝으로 연후는 더 이상 대화로 풀 수 없는 지경임을 인정했다.

"혁무린!"

악에 받친 연후의 노성이 터져 나오며 연후의 눈에서 이글거리던 광망이 동공의 한 점으로 급속하게 모여들었다.

극성으로 광안을 여는 연후의 신형이 그 자리에서 다시 사라졌다.

세상의 모든 것이 정지한 침묵의 공간을 지나 허공으로 쏘아진 연후의 초연검이 강렬한 화염을 뿜은 채 그대로 부동명왕의 거대한 팔뚝을 베어갔다.

이미 불괴지신을 베는 법을 깨우친 연후에게 눈앞의 악신조차 더 이상 두려운 존재는 아니었다.

한데 그 순간 흠칫 하며 이는 무상의 공능.

쇄아악!

놀랍도록 강렬한 바람 소리가 연후가 만든 침묵의 공간을 뚫고 터져 나온 것이다.

캉!

초연검의 검면에서 터져 나온 강렬한 금속음!

너무나 놀랍게도 명왕의 다른 팔 중 하나가 날아와 초연검을 후려친 것이다.

연후의 신형이 검신을 타고 전해지는 충격을 해소하기 위해 그대로 뒤편으로 튕겨질 수밖에 없었다.

십여 장이나 뒤편으로 날아간 연후의 눈이 놀라움에 더없이 크게 치켜떠진 상황!

연검인 초연검의 검신을 타고 전해진 충격에 손아귀 가득 핏물이 넘쳐 날 지경이니 보통의 검이었다면 오른팔 전체가 터져 나가고도 남을 충격인 것이다.

하나 손끝에 전해지는 고통보다 연후를 더욱 당황스럽게 하는 것은 이제껏 단 한 번도 막힌 적 없는 광안이 무력화되었다는 사실이었다.

자신이 만든 시간 안에서 자신과 똑같이 움직일 수 있는 상대를 처음 만난 연후기에 당혹스러움이 가득할 수밖에 없었다.

"명계의 신장을 뭐라고 생각하는 거야? 벌써 수백 년이 지난 무공인데 대비조차 안 했을까 봐?"

무린의 비아냥거림에 연후의 얼굴이 더욱 굳어졌다.

"어디 해 보자. 나도 궁금했으니, 과연 내가 어디까지 왔는지 말이다."

연후의 눈에 다시금 강렬한 광망이 뿜어졌다.

느닷없는 공격에 당황했을 뿐 충분히 피할 수 있는 공격이었다.

다시 깨어난 무상의 공능이 충분히 경고를 해주었음에도 이를 무시한 것은 온전히 자신의 실기였을 뿐이다.

연후의 신형이 다시금 사라졌다.

정지된 시간 속을 관통한 연후의 신형이 이 장에 달하는 악신의 목 앞에 나타나 그 속도와 염왕진결의 힘을 모조리 검끝에 담았다.

그러면서도 무상검결의 이끌림에 따라 가장 자연스러운 검로를 따르는 연후!

순간 여덟 개의 팔이 어지럽게 뻗어오며 연후를 공격했지만 연후의 검은 이미 명왕의 목을 가르고 난 후였다.

퍼석!

매끄럽게 갈리는 소리가 아닌 돌가루가 깨져 나가는 소리가 아름드리 통나무보다 더 굵은 목줄기에서 터져 나왔고, 연후의 신형은 여전히 자신을 뒤쫓는 여덟 개의 각기 다른 팔을 피해 부동명왕의 등 뒤로 내려설 수 있었다.

힐긋 뒤돌아본 연후.

하나 다시금 그 눈에 은은한 놀람이 서릴 수밖에 없었다.

반 이상 잘려 곧 떨어져 내릴 것 같던 거대한 머리통이 마치 새살이 돋는 듯 제자리에 붙어 버렸기 때문이었다.

만일 태공공을 먼저 만나지 않았다면 기겅하고도 남았을 일, 하나 한 번 겪은 일을 또 만난다 해서 당황할 일이 아니었다.

"모든 무공을 한 번 보기만 하면 따라한다더니 그 따위 마공도 익혔더냐?"

연후의 날 선 음성에 악신의 얼굴이 무섭게 변했다.

"이 자식! 그따위 저급한 사공을 불사지신(不死之身)에 비한단 말이냐?"

"불사? 그런 괴이한 몰골로 불사를 논한다는 것이 부끄럽지 않느냐?"

연후가 뒤돌아서 매섭게 거대한 형상을 노려보았다.

그리고 열린 입술.

"그만하자, 무린! 넌 나를 이길 수 없다."

어처구니 없음에 순간 더욱더 무서운 얼굴로 변하는 악신의 형상!

여덟 개의 팔에서 뿜어지는 각기 다른 극성의 무학들이 천지를 뒤덮을 듯 휘몰아쳐 왔다.

"미쳤구나. 네가!"

무린의 분노에 찬 음성이 이어졌고 강맹한 공격들이 휘몰아쳐 왔다.

연후가 그 무학들 하나 하나를 모두 알고 있는 것은 아니었지만 이번의 공격으로 또 한 번 확신을 갖게 되었다.

지금 보이는 것이 무린이 지닌 힘의 전부라면 충분히 이겨낼 수 있다고.

수십 개의 장영과 강맹한 권강, 고절한 수공의 칼날이 폭풍처럼 휘몰아쳐 오는 상황 속에서 연후는 그런 생각을 하고 있는 것이다.

이것이 바로 무린의 약점.

다시금 극성의 광안을 열고 무상의 공능에 따라 몸을 맡긴 연후의 신형이 천지를 뒤덮을 것 같은 무공의 폭풍 속을 순식간에 뚫어냈다.

순식간에 다시 악신의 명치 어림까지 이동한 연후의 초연검이 그대로 오른쪽 어깨 중 하나를 갈라 버렸다.

쩌저적!

천수관음장의 장력을 뿜어내던 명왕의 팔 전체가 바닥으로 떨어져 내리는 순간 거대한 악신의 포효가 터져 나왔다.

구오오오오오!

무상검결이 맹렬히 위기를 감지하는 그 상황에 연후의 신형은 어느새 다시 분노의 주먹을 맹렬하게 휘두르는 악신에게서 한참이나 멀어진 후였다.

그런 연후의 눈이 다시금 본래의 신색을 되찾고 가만히 악신에게 고정되었다.

분노와 고통에 울부짖으면서도 잘린 제 팔뚝을 들어 어깨에 다시 붙여 버리는 기괴한 모습, 이를 보며 나직하게 고개를 끄덕이는 연후였다.

이로서 다시금 확신을 더할 수 있었다.

자신의 움직임을 잡아낸 악신과 이를 움직이는 무린 사이에 존재하는 괴리감이 있다는 것을.

광안 속에서 움직일 수 있는 것은 오직 악신의 본능적 움직임일 뿐, 정작 무린은 자신의 움직임을 파악하지 못한다는 확신이었다.

더군다나 악신의 본능이 아는 광안의 공능은 오직 빠름 하나에 특화된 것이었다. 그리고 그 일을 행한 것이 바로 광해경의 저자인 천지풍파객일 것이라 확신할 수 있었다.

광해경에 두루 언급된 신마(神魔)의 존재가 바로 눈앞의 악신이 분명할 터. 하니 이 기괴한 거체가 광안의 움직임에 반응하는 것도 이해 못할 일이 아닌 것이다.

무린이 언급했다시피 벌써 수백 년 전에 존재했던 이가 천지풍파객임이 틀림없으니.

하나 그 천지풍파객과 자신은 달랐다.

자신에겐 염왕진결이 있고 또 무상검결이 있었다.

광안 속에서 펼쳐지는 이 두 가지 무공의 위력은 결단코 천지풍파객의 아래가 아니라 확신했으며 몇 번의 격돌로 인해 그것이 사실이라는 것마저 확인할 수 있었다.

광안의 움직임마저 따라잡은 악신의 능력을 감안한다면 머잖아 자신의 무공도 익숙해질 것이 당연한 터, 적어도 그 이전에 거는 승부라면 질 수 없다는 것이 연후의 판단이었다.

"그만하자, 무린!"

다시금 나직하게 이어지는 연후의 음성에 이제껏 날뛰던 악신의 거체가 우뚝 멈춰섰다.

그리고 이내 흘러나오는 무린의 음성.

"하! 진짜 열 받게 만드네. 너 진짜 내 손에 죽을 거냐?"

순간 온몸을 다시 부들부들 떨게 만드는 무상의 반응에 연후의 눈빛이 달라질 수밖에 없었다.

"무상검이나 염왕도가 대체 어디서 나왔다고 생각하는 거야? 그럼 이건 어때?"

우르르릉!

순식간에 천지를 울리는 뇌성이 터지고, 이내 너무도 맑은 하늘 아래로 거대한 낙뢰 한 줄기가 떨어져 악신의 머리끝부터 발끝까지를 휘감았다.

파지지지직!

시퍼런 거미줄 같은 뇌전의 기운이 연후의 살갗마저 저미게 하는 순간 연후의 눈빛이 치떨릴 수밖에 없었다.

그 무공이 누구의 것인지 모를 수가 없기 때문이었고 그런 상황에서 거미 다리처럼 넓게 펴진 여덟 개의 팔이 모두 연후를 향하고 있었기 때문이었다.

하나 그것이 전부가 아니었다.

거대했던 명왕의 크기가 점차 줄어들기 시작하자 무상검결의 반응이 더욱 격렬해졌다.

몇 번이나 느꼈던 강렬한 떨림. 그것은 분명 이 자리를 벗어나라는 경고였다.

그렇게 부동명왕의 팔마저 하나씩 사라지며 서서히 무린의 모습으로 변해가는 동안 연후는 그저 숨죽이며 지켜볼 수밖에 없었다.

이윽고 그 모든 변화가 끝나고 무린은 온전히 제 모습을 드러냈으나, 그것이 또한 자기가 알던 무린과는 다른 존재라는 것을 확연히 느낄 수가 있었다.

"네 녀석! 감히 나한테 현신(現身)까지 쓰게 했겠다. 한 번 더해 봐!"

조금 전 거체의 형태가 부동명왕의 강림(降臨)이라면 지금 무린이 선보인 현신은 그 힘을 모조리 자신 안에 귀속시키는 새로운 경지였다.

당연히 의지만을 대신 의탁하던 강림의 단계보다 과포화 상태나 다름없는 몸을 유지해야 하는 현신의 단계가 더욱 고절한 경지였다.

더욱이 혁무린으로서도 처음 실행해 보는 현신의 과정, 그것이 버거운 것은 당연한 일이었다.

아무리 자부의 종주에게 허락된 명부의 힘이라지만, 그 명부의 신장인 부동명왕은 자부의 종주보다 더욱 강한 존재였다.

그런 힘을 모조리 인간과 다름없는 육신에 우겨 넣은 것이니 당연히 오래 버틸 수가 없는 것이다. 그럼에도 무린이 명왕의 현신을 택한 것은 터무니없는 연후의 자만감을 짓눌러 주고 싶었기 때문이다.

그가 익힌 반여강의 무학이 인무의 정점이라는 것은 충분히 인정할 수 있었다.

하나 그것과 몇 개의 무학이 더해졌다 하여 천무를 넘볼 수는 없는 일.

이제 유기문이나 망균의 일보다 연후를 꺾는 일이 더 중요해져 버린 혁무린이었다.

그 순간 연후의 입에서 갑작스레 터져 나온 시원한 웃음소리.

"하하하하하!"

그것이 말도 안 되는 허세라 느낀 무린의 눈가가 씰룩거렸다.

하나 이어진 연후의 입에서 흘러나온 말은 무린으로서도 전혀 예상치 못한 것이었다.

"이런 기분이었겠구나. 사다인과 강이 녀석은……."

"……!"

"정말로 후련하구나. 무린 네가 아니었다면 절대 알지 못했을 것이다. 내 한계가 어디까지인지. 자, 그럼 보자꾸나. 마지막 결착을."

연후의 음성에서 과거 유약하기만 하던 유생의 모습을

찾을 수는 없었다.

그럼에도 지금 그 모습조차 너무나 자연스럽다 여겨지는 것은 고작 일 년도 되지 않는 동안 완연한 강호의 무인이 되어 버린 연후를 인정하기 때문이었다.

"좋아! 날 이기면 다 용서하지. 물론 진다면 책임져야 해. 장담하건데 자부의 형벌은 너나 네 부친이 감당하기에도 충분히 힘겨울 거야."

"고맙다. 무린. 하지만 걱정 말거라. 나는 아직 지는 법을 배우지 못했으니!"

"하, 그건 아무래도 당가 아가씨가 가르쳐 준 말이겠지?"

"역시……."

"와라! 이거 유지하는 거 꽤나 고역이니."

"그럼 버티기만 해도 내가 이기지 않느냐?"

"그럴 시간을 주겠냐?"

"도망치면 잡을 수는 없을 것이다."

"지금 나랑 말장난하자는 거야?"

"설레여 그런다. 이 기분, 어쩌면 평생 두 번 다시 느끼지 못할 수도 있다는 기분이라……."

언제 생사대적이 된 적이 있었냐는 듯 두런두런 이어지는 두 친구의 대화가 이를 말없이 지켜보고 있는 유기문마저 미소 짓게 했다.

'천리가 저 아이들로 인해 내게 돌아섰구나.'

유기문은 그런 생각을 했다.

그 순간 연후와 무린도 서로를 가만히 응시했다.

먼저 움직인 것은 연후였다.

섬뜩한 붉은색 안광이 연후의 눈에 서린 뒤 그대로 초연검을 세웠다.

번쩍 하며 날아간 연후의 검이 무린의 허리를 양단해 버릴 듯 뻗어갔다.

하나 정지된 시간 속 무린 역시 손가락을 갈고리처럼 움켜쥔 뒤 검은 안광을 번뜩였다.

금나조(擒拿爪)란 조법을 펼치며 검병을 쥔 연후의 팔목을 날카롭게 잡아채려는 혁무린.

순간 연후의 얼굴이 꿈틀했다.

이대로 자칫 오른팔이 제압된다면 초연검마저 놓칠 수 있는 절묘한 공격에 흠칫한 것이다.

검병을 쥔 손바닥을 재빠르게 편 채 검신 전체를 풍차처럼 휘돌리는 연후의 반격에 금나조의 궤적은 어느새 강력한 격공장으로 변해 있었다.

우우웅!

무린의 손바닥에서 순식간에 뻗어 나온 강렬한 수영에 당황할 새도 없이 염왕진결을 끌어올린 연후가 은은한 서기가 감도는 수영을 사정없이 갈라 버렸다.

그 순간 두 기세가 충돌하며 터져 나온 충격에 연후의 신형이 튕겨지듯 뒤로 밀려났다.

내달리는 나뭇가지 하나에도 치명상을 입을 수 있는 것이 광안의 무서운 점이었다.

하물며 광안을 극성으로 열고 있는 상태에서 받은 충격이 평소에 받는 고통의 수십, 수백 배에 달하는 것이 당연했다.

하지만 지금의 연후는 흡사 바람에 떠다니는 깃털처럼 너무나 가볍게 밀려나고 있었다.

광해경상에 언급된 탄공막의 오의가 전해지는 충격 모두를 흘려버릴 수 있게 해준 것이다.

무린 정도의 상대가 아니라면 사용할 이유도 없는 호신경이 바로 탄공막, 하나 지금은 무엇이든 아끼고 자시고 할 여력이 없는 때였다.

아니나 다를까 연후가 뒤로 수십여 장을 떠밀리는 동안 제자리에서 반보를 물러선 것이 전부인 무린에게선 전혀 충격을 받은 모습을 찾을 수가 없었다.

그 모습에 다시 한 번 결의를 불태운 연후가 검병을 움켜쥐었다.

지금의 연후에게 수십 장의 공간조차 아무런 의미가 없었다.

다만 이 한 수에 다시금 모든 힘을 쏟아붓겠다는 의지

가 타오르며 그 눈가에 다시금 짙은 광망이 어리기 시작했다.

그 순간 두 사람을 향해 달려오는 음성.

"아이고! 두 분! 지금 이러고 있을 때가 아닙니다. 난리가 났습니다. 난리가!"

헐레벌떡 뛰어오며 내뱉는 음자대주 암천의 고성에 연후도 무린도 모두 당황한 눈으로 서로를 마주 볼 수밖에 없었다.

그만큼 암천의 표정이 다급해 보였으며 당장 숨이 넘어가도 이상할 것이 없다 여겨진 것이다.

"다 죽는단 말입니다. 이만이 넘는 금군이 닥치는 대로 죽이고 있단 말입니다."

연후도 무린도, 이제껏 두 사람의 대결을 묵묵히 지켜보기만 하던 유기문도 모두 경악에 물든 표정일 수밖에 없었다.

그 순간 부친인 유기문을 향해 적의 가득한 눈길을 보내는 연후!

하나 유기문은 잠시간 하늘을 올려다보며 말이 없었다.

그 표정이 어찌나 허망해 보이는지 더 이상 어떤 말도 내뱉을 수 없는 연후였다.

잠시간 멍해진 눈으로 하늘을 바라보던 유기문에게 흘러나온 나직한 음성들.

"모사재인, 성사재천…… 정녕 내 바람이 그렇게나 삿된 것이오이까?"

원독 가득한 유기문의 음성 한 줄기가 시리도록 푸른 하늘을 향해 조용히 울려 퍼지는 때였다.

第八章

파천비륜(破天飛輪)

높게 치솟았던 태양이 서편 산등성이를 향해 성큼 다가섰을 무렵 중청 광장은 기이한 침묵에 빠져들었다.

얼마나 많은 사람이 죽었는지 도저히 헤아릴 수도 없을 만큼의 참상이 펼쳐진 때였다.

광장을 중심으로 원진을 만들고 있던 무림인들의 동요가 끊임없었다.

아직까지 살아남은 무인들의 수는 이천을 상회했다.

이만 군세에 대적하여 은폐물조차 없는 곳에서 두 시진을 버텼다는 것만으로도 남은 이들의 능력을 유추할 수 있었다.

하나 지금 그들의 얼굴엔 극심한 갈등의 빛이 어리고 있었다.

"마지막으로 말하지. 항복해! 그럼 최소한 목숨은 살려줄 것이니. 목숨은 여벌이 없지 않은가?"

곽영의 스산한 음성이 광장으로 또 한 번 전해지자 망설이던 누군가가 검을 내던지고 금군을 향해 뛰쳐나갔다.

처음 하나가 어렵지 일단 시작된 동요는 걷잡을 수 없이 커져갈 수밖에 없었다.

순식간에 썰물처럼 광장의 담벼락 쪽으로 몰려가는 무인들의 수가 남은 이들을 압도했다.

그렇게 도망치듯 무기를 버린 이들도 또 그 자리에 남은 이들도 서로를 바라보지 않았다.

목숨이 아까워 의기를 저버린 동료들을 보고 싶지 않은 것이 남은 이들의 마음이요, 살기 위해 동도를 배신한 부끄러움이 남은 이들에게 차마 고개를 들 수 없게 만드는 것이다.

순식간에 수많은 병사들이 쏟아져 나와 포승줄을 치켜들었다.

투항한 이들을 줄줄이 엮어 담장 쪽으로 무릎 꿇리는 금군의 손길이 거친 것은 너무나도 당연한 일.

무림인이 죽은 것 이상으로 금군의 피해 역시 막심했으니, 대장군의 시선만 없었다면 투항한 이들을 모조리 참수하고 싶은 것이 병사들의 솔직한 심정인 것이다.

그렇게 잠시 혼란이 가라앉고 이제 비무대 위에 남은 무인의 수는 고작 삼백여 명뿐이었다.

일만에서 시작한 싸움이 삼백이 되는 데까지 걸린 시각이 고작 두 시진정도.

너무나도 참혹한 결과, 너무나도 처참한 패배였다.

그나마 끝까지 남아 항전을 택한 이들 대부분이 명문대파의 무인들이라는 것이었다.

이러니 저리니 말은 많아도 명문의 기상이 남다른 것은 이런 절박한 때를 보면 알 수 있는 일이었다.

죽음을 택할지언정 더 이상의 치욕을 선택할 수 없다는 그들의 눈빛엔 결코 꺾이지 않을 강인한 의지들이 머물고 있었다.

물론 의기만으로 뚫어내기엔 병력의 차이가 너무나 압도적이라는 것을 알고 있었으니 남은 이들의 각오에는 죽음조차 넘어서는 비장함이 깃들어 있었다.

삼만의 군세가 더 몰려드는 때가 얼마 남지 않았다 하니 누구도 죽음을 피해갈 수 없음이 명백한 때였다.

이미 죽어 나간 강호인들의 시신이 수천이요, 숨이 끊긴 금군의 수가 일만을 훌쩍 넘겼으니 흐른 피가 강이 되고 그 시신이 산이 된다는 말에 한 점의 과장도 없는 참혹한 전장의 중심에서 서로를 다독이며 결사의 항전을 다지는 삼백여 무인들의 모습은 절로 웅심을 들끓게 하는 일이었다.

이제껏 굳건한 버팀목이 되어주던 무암 진인이 그 중심에 있었고 좌우로 도왕 금도산과 검륜쌍절 단목중경이 있었다.

모두가 지친 모습은 지울 수 없는 상황이었으나 자신의 등 뒤를 바라보는 강호인들을 생각하며 그들은 미소 지을 수 있었다.

“버티시게. 내 장담하네만 자네들이나 여기 있는 이들 충분히 장수할 상이야.”

이제껏 살아오며 별다른 면식조차 없었던 금도산과 단목중경을 향하는 무암 진인의 음성에 한가득 정감이 실려 있었다.

“말씀만이라도 고맙습니다. 진인께서도 오래 사실 것입니다.”

“죽는다 해도 억울할 게 없는 몸입니다, 맺힌 원을 이곳에서 다 풀었으니. 아쉬운 것은 진인 같은 분을 뵈었는데 술 한 잔 올릴 기회가 없다는 것뿐입니다.”

단목중경과 금도산의 응대에도 마음 절절한 진심이 담뿍 담겨 있었다.

어째서 무암 진인이 도성이라 칭송되며 천하인들의 존경을 한 몸에 받아온 존재인지 마음 깊이 인정하게 된 것이다.

“농이 아닐세. 나 정도 살면 보이는 것이 있다네. 아직

끝난 것이 아닐세. 최후의 순간까지 살려고 노력해야 한다네. 아직은 끝을 논할 때가 아니야."

나직하지만 현기 가득한 진언처럼 들려오는 노진인의 음성에 절로 영육의 피로가 사라지는 듯했다. 금도산과 단목중경이 서로를 마주보며 입가에 미소를 지었다.

이심전심, 무언가 같은 것을 느꼈다는 표정이었다.

도성의 말이 진실인지 아닌지는 중요치 않다.

발버둥이어도 좋고 발악이어도 좋았다. 이제 더 잃을 것도 없는 두 사람이기에 마지막에 와서 회한을 남기고 싶은 마음은 없었다.

"일만은커녕 천 명도 베지 못한 것이 무슨 절세신병인가?"

"이 사람! 이놈의 독이 이리 지독할지 어찌 알았겠는가? 그래도 걱정 마시게. 내 별호가 검륜쌍절 아닌가? 아직 칼 들 힘은 충분하니."

"중경! 죽지 말게나."

"그러지. 살아 다시 한 번 화끈하게 마셔보세. 대신 화주(火酒)는 절대 사양일세. 자넬 어찌 당하겠나."

"하하하하! 엄살은. 피가 그런 것인가? 자네 아들 놈도 술버릇이 고약타 하던데. 다 자네 탓이로구먼."

"도산! 내 욕은 들어도 그 아이는 안 돼. 저놈들 목을 따 줄 건 내 새끼뿐이니까."

"어련하시겠나."

두 사람의 대화만 놓고 보면 절대로 이런 상황에서 나올 수 없는 이야기들이었다.

하나 이를 지척에서 듣는 무암 진인의 얼굴에는 전에 없이 인자한 미소가 머물렀다.

"무량수불! 원시천존께서 굽어 살필 것이야. 반드시 그리 될 것이야. 모두 살아남으시게."

도성 무암 진인의 청명한 음성이 광장의 중심에 모인 강호무인들의 마음을 가만히 다독이며 지나갔다.

그 음성에 마음속 깊이 내재된 두려움이란 감정 하나가 녹아 없어지는 기분이었고, 잠시간 멈춘 금군의 공세 때문인지 전에 없는 활력이 샘솟는 느낌이었다.

그렇게 광장에 모인 이들 가운데 비교적 젊은 축에 속하는 이들 역시 한데 어울려 있었다.

그 중심에는 자연스레 압도적인 무력을 선보인 두 신진고수가 자리하고 있었다.

남궁인과 팽일원, 각기 남궁세가와 하북팽가의 소가주인 두 사람이 선보인 신위는 무암 진인에 견주어도 뒤질 것이 없을 정도였다.

물론 두 사람 역시 온몸에 피를 뒤집어쓴 채 지친 기색을 전부 감추진 못하고 있었으나 이 자리에 있는 수많은 무인들의 동경과 존경의 대상이 될 수밖에 없었다.

벌써 헤아릴 수 없는 고수들이 숨을 거둔 상황에 아직까지 두 사람이 굳건하다는 것은 그야말로 그들이 남은 이들의 희망이란 뜻이었다.

그 둘 역시 뜻하지 않은 휴식의 때를 맞으며 새삼 전의를 불태우고 있었다.

"오라버니! 정말 괜찮으세요?"

"소소야! 걱정 마라. 넌 반드시 살려. 나 믿지?"

"그럼요. 그래도 조심하세요. 비어 있는 사람만큼 넓어진 공간을 잘 활용하셔야 하구요. 공력보단 초연검결을 먼저……."

"녀석! 누가 천혜화 아니랄까 봐. 아직도 군사 시절 태를 내는 거냐?"

"아무렴 어때요. 살아갈 수 있다면, 조금이라도 더 살아남을 확률이 높다면 뭐라도 해야 하는 때이니까요."

"하긴! 그나저나 그 녀석들은 역시 안 올 생각인 건가?"

"신주쌍마 말인가요?"

"응. 이런 때 그들이 있어 주면……."

"흥! 그런 비겁한 놈들은 뭐하러 얘기하세요. 정작 이런 때 제 살길 찾아 도망가 버린 놈들을."

제갈소소의 음성이 날카롭게 흘러나오는 그때 느닷없이 그녀의 말을 자르는 목소리가 있었다.

"비겁하지 않아."

당예예의 음성은 너무나 차가워 제갈소소를 흠칫하게 만들었다.

어린 시절부터 알아왔던 당예예였지만 이토록 차가운 모습을 본 적이 없었다.

"오실 거야. 꼭 와!"

마치 자기 자신에게 다짐하는 듯한 그녀의 음성에 제갈소소는 더 이상 그녀를 책잡을 수 없었다.

천수낭랑, 아니, 이제는 검마로 더욱 알려진 그 사내가 당예예의 정인이라는 사실을 너무나 잘 알고 있었기 때문이다.

더구나 그녀의 음성에서 누구보다 더욱 간절히 그를 기다리고 있음을 확인할 수 있었으니 더 이상 다른 말을 꺼낼 이유가 없었다.

제갈소소 역시 말은 그렇게 해도 신주쌍마가 이 자리에 있다면 조금은 달라질 수도 있지 않았을까 하는 생각을 지우지는 못하는 것이다.

지난날 오수련과의 싸움에서 보여준 벽마라면, 또한 일검에 백여 명의 목숨을 끊어내었다는 검마라면 분명 크나큰 변수가 될 수 있다고 여기는 것이다.

지금 이곳에 필요한 것은 팔비신륜처럼 다수를 압도적인 능력으로 격살할 수 있는 고수였다. 그것도 내력이 온전히 유지되어 있는 고수.

하나 무암 진인조차 힘겨워하는 이때 그들이라고 해서 망균에서 자유로울 수는 없을 터, 결국 버텨내는 것도 점점 더 어려운 상황이 될 것이 틀림없었다.

남궁인 때문에라도 억지로 침착한 모습을 보이려 했지만 더 이상 아무런 희망이 없다는 것을 오수련의 군사까지 지낸 그녀가 모를 리가 없었다.

한편 당예예의 마음은 더욱더 복잡할 수밖에 없었다.

상황도 상황이지만 단목연화와 은서린의 상태가 너무나 좋지 못했기 때문이다.

단목연화를 지키기 위해 북천신도가 수십 발의 화살을 맞고 절명했다. 그 후 단목연화 역시 완전히 탈진해 주저앉아 움직이지도 못하는 상황이었다. 무리하게 음공을 펼친 후유증에서 벗어나지 못하고 있는 것이다.

그리고 그녀 곁에 나란히 자리한 은서린은 옆구리에 깊게 박힌 화살을 빼내지 못한 채 고통에 신음하고 있을 뿐이었다.

"포기하지 마! 반드시 와! 반드시 온다구!"

언제부터인가 쉼 없이 내뱉는 당예예의 음성은 비단 단목연화와 은서린에게만 향하는 것이 아니었다.

쉬지 않고 그 말을 되풀이 하는 것은 스스로 약해지지 않으려는 마지막 발악과 같은 것이었다.

그렇게 중청 광장의 분위기가 무겁게 흘러가던 즈음 투항한 자의 포박이 모두 끝이 났고 이내 다시금 대장군 곽영의 음성이 이어졌다.

"그러니까 남은 이들은 끝까지 황상의 지엄하신 명에 반기를 들겠단 말이로군."

무심한 음성이 이어졌으나 그래서 더 두렵게 느껴지는 음성이었다.

하지만 그 정도 협박에 굴할 것이라면 이 자리에 남지도 않았을 이들이었다.

외려 더욱더 굳은 의지로 전의를 불태울 뿐.

"좋아. 마지막은 무인답게 보내주도록 하지. 북로기마대!"

"충!"

이제껏 중청 쪽에 자리한 채 이렇다 할 싸움에 나서지 않던 장수들이 일제히 대답했다.

"감히 황상의 어지를 거역한 이들이며 본 대장군을 해하려던 역적 도당이다. 모조리 참살토록!"

곽영의 명이 떨어지자 일제히 투구를 올려 쓴 북로군의 장수들이 각기 다른 군기를 휘날리며 중청 계단 쪽으로 나아갔다.

"북로우군! 거창!"

"북로좌군! 거창!"

"북로중군! 거창!"

청, 홍, 백의 군기를 든 장수들이 목청껏 소리치며 군기를 휘날리자 중청 담장 밖 어딘가로부터 희미하게 창대를 세우는 소리가 터져 나왔다.

그 순간 군기를 든 세 장수가 동시에 소리쳤다.

"전군 중청 광장으로 전속 전진!"

이히히히히힝!

너무나도 요란한 말 울음소리가 한차례 터져 나온 뒤 천지를 진동시킬 듯한 거대한 말발굽 소리가 들려왔다.

두두두두두두둑!

소름 끼치는 진동이 점차로 커져 가며 그 떨림이 생생하게 광장의 중심까지 전해지는 그 순간 담벼락을 둘러싸고 있던 금군이 일제히 자리를 이동했다.

콰쾅! 콰쾅! 콰쾅! 콰쾅!

무언가를 박차는 소리가 연달아 거칠게 터져 나오더니 담장을 뛰어넘어 모습을 드러낸 전마(戰馬)의 무지막지한 위용에 광장 중심에 자리한 무림인들의 얼굴에 절망의 그림자가 드리워졌다.

타탓!

담장을 뛰어넘는 속도 그대로 지면을 박찬 전마가 기다란 장창을 앞세우고 미친 듯이 쇄도해 들어왔다. 그 뒤를 이어 중청 쪽을 제외한 사방의 담벼락에서 일제히 또 다른 전마의 모습들이 치솟았다.

그 위엔 전신 갑주를 착용하고 무시무시한 창날을 앞세운 북로군의 장수들이 앉아 있음이 당연한 상황!

그 무시무시한 창두가 전마의 속도를 받아 그대로 광장의 중심으로 달려들었다.

창날 하나를 피한다고 해서 될 일이 아니었다.

마갑까지 착용한 말에 부딪히고 깔리는 순간 뼈가 가루가 될 정도의 충격이 이어질 것이 자명한 일!

도저히 피할 수도 또 막아설 수도 없는 공격들이었다.

그나마 무암 진인을 비롯한 몇몇 고수들만이 동요 없이 자신의 병기를 세울 뿐이었다.

하나 그들도 모두 알고 있었다.

내력의 태반을 상실한 무림인들이 이번 공격을 막아낼 방법이 전무하단 사실을.

공력을 소진하기 위한 쇠뇌에서부터 마무리를 위한 기마대의 등장까지, 이 모든 일이 너무도 철저히 계획되었다는 사실을 새삼 확인한 것이 전부일 뿐이었다.

절망에 빠진 무인들.

점점 더 확대되어 오는 거대한 전마의 위용 앞에서 눈을 질끈 감아 버리는 이들까지 생겨났다.

그 절망의 순간!

그 누구도 믿지 못할 일이 생겨났다.

최초로 담장을 뛰어넘어 그 누구보다 용맹하게 강호인들을 향해 뛰어들어 가던 전마와 그 위에 타고 있던 장수의 몸에 새하얀 빛줄기가 지나친 것이다.

슝!

전마의 허리부터 올라탄 장수의 몸이 종으로 반 토막 나며 어마어마한 피분수를 뿌려댔다.

그럼에도 달려가는 힘을 이기지 못한 전마의 몸뚱이가 모여 있는 강호인들 앞으로 나뒹굴어 가는 상황이었다.

하나 그것은 단지 시작이었다.

하나의 빛줄기가 온전히 모습을 드러냈을 때 그것은 빛나는 륜의 모습이었다.

슝슝!

하나가 나뉘어 두 개가 되고 그 둘이 나뉘어 다시 네 개가 되었다.

슝슝슝슝!

그리고 그 네 개는 여덟이, 그리고 열여섯, 서른둘, 예순넷으로 분화하여 중청 광장 전체를 휩쓸고 지나가는 강기의 륜 앞에 북로기마대의 전마와 장수들은 내달리던 그대로 모조리 반 토막이 되어 흩뿌려졌다.

이 기경할 사태에 무림인은 물론 관부의 인물들까지 누구 하나 모두 입을 다물 수가 없었다.

다만 한 사람, 이 무공의 주인이 누구인지 아는 단목중경만이 입가에 더없이 자랑스러운 웃음을 보일 수 있었다.

"파천비륜이라 하더구먼. 흠! 확실히 내 팔비신륜보단 조금 나아 보이지 않는가?"

"이 판국에 자식 자랑인가?"

금도산의 타박이 이어졌지만 단목중경의 참으로 뿌듯한 얼굴은 쉬 지워지지 않을 것 같았다.

확실히 금도산의 눈으로 보기에도 놀라운 무학이었다.

다만 저런 무지막지한 위력의 강기 무학이라면 내력의 소모가 그만큼 심하단 이야기이며, 그 말은 그만큼 빨리 망균에게 잡아먹힐 수 있음에 걱정일 뿐.

아직도 남은 북로군의 수가 이삼백에 달하는데 너무나 무모한 공격이 이어지는 것만 같았다.

아니나 다를까 중청 쪽에서 기마대를 지휘하던 장수들이 일제히 군기를 휘두르며 다급하게 소리쳤다.

"전군 전속 전진! 투창!"

다가오지 말고 원거리 공격을 시도하라는 장수들의 외침에 북로군은 일제히 왼손으로 말고삐를 움켜쥔 채 창두를 들어 올렸다.

한데 그 순간!

우르르릉! 콰콰콰쾅!

난데없이 터져 나온 너무나도 거대한 뇌성벽력!

그리고 이내 하늘이 노한 듯 쏟아져 내리는 어마어마한

낙뢰 다발에 천지의 모든 것이 오직 뇌우 아래 갇힌 것 같았다.

파치치치칙!

장창을 올려 세웠던 북로기마대는 물론 군기를 휘두르며 이들을 지휘하던 장수들까지 모두 일제히 쏟아진 거대한 낙뢰에 휩싸인 채 바닥으로 쓰러져 버렸다.

이는 그들을 태우고 내달리던 전마들 역시 마찬가지인 상황.

입에 거품을 문 채 눈이 뒤집힌 전마들마저 숨이 끊긴 상황이니 갑주를 걸친 북로군 장수들의 상태는 말할 것도 없었다.

용린으로 만든 갑주들 사이로 새하얀 연기가 치솟고 있으니 그야말로 순식간에 수백에 달하는 북로기마대를 말 한 마리 남기지 않고 모조리 몰살시켜 버린 것이다.

그 가공할 신위 앞에 일순간 숨소리조차 흘러나오지 않는 침묵이 이어졌다.

그리고 이내 그 침묵을 뚫고 저벅거리는 발자국 소리가 이어졌다.

처참한 시신들을 지나 걸어 들어오는 두 사내.

흑의 무복을 걸친 이족 사내 사다인과 영웅건까지 착용한 녹의장삼의 단목강이 천천히 침묵 속의 중청으로 걸어 들어오고 있는 것이었다.

단목강의 시선은 헤아릴 수 없는 수의 시신들을 살피며 점점 더 굳어졌지만, 사다인의 시선은 외려 살아 있는 이들을 하나 하나 살피는데 여념이 없었다.

그리고 그들 가운데 주저앉아 있는 한 여인을 발견한 순간 비로소 안도하며 또 한편으로 더욱 분노하는 사다인이었다. 살아 있다는 것이 안도한 이유였고 그녀의 몸에 박힌 화살이 분노하게 만든 이유였다.

그에게 중원 무인들이 금군과 상잔하며 죽고 사는 일들 따윈 아무런 가치도 없는 일이었다.

전쟁과 약탈이 일상이 되어 버린 남만에선 너무나도 쉽게 볼 수 있는 광경이기 때문이다.

하지만 그가 아는 사람들은 달랐다.

일단 그녀 은서린이 무사했고 당예예와 단목연화 역시 괜찮아 보였다.

더구나 도왕 금도산이나 단목강의 부친 모두가 무사한 것을 확인했으니 그것으로 족한 것이었다.

이제 그들을 데리고 이 난장판을 벗어나기만 하면 될 일이었다.

물론 그러기 위해선 등 뒤에 선 아우 단목강의 분노 먼저 잠재워 주어야 할 상황이 틀림없었다.

"용서할 수 없습니다. 절대. 절대 용서할 수 없습니다."

단목강의 눈이 중청 광장에서 흥미롭다는 눈을 하고 있

는 곽영을 응시했다.

하물며 무장들에 둘러싸인 채 바로 그 곁에 처연한 모습으로 고개를 숙이고 있는 자운 공주의 모습까지 확인한 후였다.

단목강은 일말의 망설임조차 없이 중청 계단 쪽으로 나아갔다.

그 당당한 걸음과 기세에 길을 막고 있던 금군과 내밀원, 동창의 위사들마저 주춤거릴 지경이었다.

그만큼 단목강의 전신에서 뿜어지는 기운은 압도적이었다.

"뭐해? 감히 관의 행사에 이빨을 드러낸 자인데."

곽영의 음성에 전과 다름없이 수많은 장수들이 일제히 단목강을 에워쌌으며 그 포위 사이사이 내밀원과 동창의 위사들이 모여들었다.

우뚝 멈춰선 뒤 단목강의 시선이 인의 장막 너머에서 고개조차 들지 못하고 있는 자운 공주를 향했다.

"마마……."

하지만 그녀는 고개를 들 수 없는 상태였다.

너무도 참혹한 상황을 견디지 못하고 앉은 채로 혼절한 상태였던 것이다.

그런 공주를 곽영 이하 조정의 대신이란 자들이 그대로 방치했던 것이고.

그렇게 고개를 숙이고 있는 그녀의 앞섶이 온통 눈물로 젖어 있음을 새삼 발견한 단목강의 두 눈이 걷잡을 수 없는 분노로 타올랐다.

"마마! 울지 마시옵소서. 마마의 잘못이 아닙니다. 곁을 지키지 못한 신의 잘못이며, 무도한 조정의 대신들과 패악한 군부의 망종들이 벌인 일이옵니다. 깨어나시면 달라져 있을 것입니다. 이 단목강이 그리 만들 것입니다."

들을 수도 없는 그녀를 향해 처연하게 이어지는 단목강의 음성에 곽영의 입가에 더없는 조소가 그려졌다.

"이런 어쩌나? 이 산에 봄이 오려면 아직 멀었거늘. 그나저나 네 공력으론 얼마나 버티는지 볼까?"

순간 날카롭게 곽영을 향했다가 이내 점점 평온을 찾아가는 단목강의 시선.

"내가 말했지. 넌 내 손에 죽는다고."

"크하하하하! 하룻강아지……!"

한껏 대소를 터트리며 단목강을 비웃으려던 곽영이 대경실색하며 자리를 박찼다.

슝!

날카로운 파공음이 인 그 순간 아슬아슬하게 곽영의 신형을 지나쳐 그가 앉았던 옥좌를 가볍게 양단해 버린 파천비륜!

이를 간신히 피해낸 곽영의 눈이 부들부들 떨릴 수밖에

없었다.

어디서 날아온 것이 아니었다.

바로 자신의 몸뚱이 앞에서 갑작스레 나타나 이어진 황당한 공격이었으니, 곽영으로선 너무나 놀랄 수밖에 없는 터였다.

그런 곽영의 귓가로 이어진 단목강의 너무나도 싸늘한 음성.

"네놈이 잘나 피한 게 아니야. 보고 싶다고 해서 마지막으로 보여주려는 거지. 지옥에 가거든 오늘 죽은 이들에게 꼭 용서를 구해라!"

~~슝슝슝슝슝슝슝~~!

곽영의 신형 주변으로 갑작스레 생겨난 여덟 개의 파천비륜, 어디로 몸을 피하든 팔다리 하나는 끊어져야 할 수밖에 없는 상황.

하나 곽영은 그마저도 해 볼 수가 없었다.

여덟 개의 비륜이 일제히 교차하며 자리를 뒤바꿨기 때문이었다.

순간 곽영의 전신에 그물 같은 붉은 실선이 새겨지더니 이내 속절없는 피분수가 전신에서 뿜어지기 시작했다.

그러는 동안에도 놀란 곽영의 눈동자는 살아 있는 듯 단목강을 직시하고 있었다.

그 순간 곽영의 머리쪽으로 떨어져 내리는 거대한 낙뢰!

치지지지직! 파스스슥!

곽영의 몸뚱이가 잘 익은 육편처럼 변해 허물어지는 광경은 누구라도 욕지기가 치밀 수밖에 없는 것이었다.

"나도 빚은 받아야지!"

벽마 사다인의 나직한 음성이 울리자 이 예기치 못한 상황 전개에 금군이나 관리들 모두 넋이 나간 얼굴일 수밖에 없었다.

그런 금군의 장수들과 관료들을 향해 단목강이 일갈했다.

"나는 부마도위 단목강이다! 공주 마마를 이리 모시고도 그대들이 모두 무사할 성싶은가?"

잠시나마 상황이 그렇게 정리되는 것만 같았다.

적어도 곽영을 너무나 충직하게 따르는 하북의 삼만 군세가 그곳에 들이닥치기 전까지는 말이다.

곽영이 친히 조련시킨 금군 최강의 정예, 후일 유기문의 치세를 위해 더없이 강병으로 키운 그들의 선발대가 곽영의 처참한 죽음과 무림왕성의 상황을 본군에 알린 것은 그로부터 고작 한식경이나 지난 후의 일이었다.

분노한 삼만 정병의 진군이 다시금 무림왕성에 더없이 짙은 암운을 드리우는 시간이었다.

第九章

천망(天網). 참절(斬絶). 능파(能破)

"혁 공자님! 정말 괜찮으십니까? 안색이 정말 좋지 않습니다."

암천의 목소리엔 깊은 걱정이 배어 있었다.

이제껏 무린을 알아온 시간 중 지금처럼 창백한 모습을 보인 적이 없었기 때문이다.

언덕배기에 자리 잡은 나무 한 그루에 기대앉은 지금의 무린은 종이 한 장 들기 어려워 보일 정도로 무력하게 느껴졌다.

"아! 이대로 조금만 쉬면 괜찮아질 거예요. 연후 녀석 때문에 정말 무리했으니까요."

평소와 달리 참으로 고분고분한 말투마저 어색하게 느껴

지는 암천이었다.

"그런데 정말 안 가시렵니까? 연화 아가씨가 걱정되지도 않으십니까?"

"강이 녀석하고 사다인까지 있잖아요. 그리고 연후 녀석도 저리 꽁지 빠져라 쫓아갔는데 뭘 더 걱정하겠어요?"

혁무린의 어울리지도 않게 차분한 목소리에 암천이 다시 조심스레 물었다.

"그러면 그 망균은 어찌하시렵니까? 저 유 공자의 부친이란 사람은 또 어쩌시려구요?"

암천의 입장에선 당연한 의문이었다.

어제의 분노한 무린이나 아침나절 흥분한 연후를 떠올리면 사태가 이렇게나마 흘러간 것이 천행이라 여길 정도였다.

그래도 어디로 튈지 모르는 무린인지라 그 속내가 궁금한 것은 어쩔 수가 없었다.

"뭐 나쁜 사람 같진 않던데요. 하긴 핏줄이 어디 가겠어요?"

"하면 이대로……?"

"글쎄요. 좀 쉬고 생각해 볼래요. 그런데 대주 아저씨?"

"네, 혁 공자님!"

"무공이 없는 세상이 오면 정말 더 많은 사람이 행복해질 수 있을까요?"

지금 무린의 모습이 영락없는 아이처럼 여겨진 암천이 화들짝 놀랐다.

감히 누구한테 무슨 생각을 한 건지 깨닫자 화들짝 놀란 것이다.

그만큼 지금의 무린은 너무나 진지했고, 당연히 대답하는 암천 또한 진심을 꺼내놓았다.

"초 어르신과 혁 공자를 만나기 전이었다면 아니라고 대답했을 겁니다."

"왜요?"

"그때는 정말로 강해지고 싶었거든요. 강호에서 이름 없이 산다는 거, 그것만큼 초라한 게 없거든요."

"그럼 지금은요?"

"모르겠습니다. 혁 공자 같은 분이 있다는 걸 알고 나니 다 부질없다는 생각도 들고, 그런 혁 공자랑 비등하게 싸울 수 있는 유 공자를……."

"내가 이겨. 괜한 소리 말고!"

발끈하니 다시 본래의 성격이 나오는 무린, 암천이 슬금 눈치를 보며 하던 말을 이어갔다.

"그러니까 그런 고수들한테 걸리면 저 같은 건 그냥 가는 거 아닙니까? 하물며 저보다 못한 무인들은 뭐겠습니까? 평생 오르지 못할 나무만 쳐다보겠지요. 그런 생각하면 차라리 없는 게 나을지도 모르겠습니다."

"꼭 강호인들 말구요. 그냥 이 땅에 사는 사람들에게는요? 정말 없어지면 좋아질까요?"

"그야 당연한 것이죠. 도검 앞에서 좋아 굽실대는 사람이 어디 있겠습니까? 그냥 살자고 그러는 거지요. 막말로 피바람 이는 곳은 전장 아니면 무림뿐이질 않습니까."

"흠…… 그렇군요."

"왜 그런 걸?"

"그냥, 연후 아버지가 그러더군요. 망균 때문에 앞으로 보다 많은 사람들이 행복해질 거라고."

"그야 강호인이 아니니 할 수 있는 소리지요. 우린 강호를 살고 있는 것 아니었습니까?"

암천의 반문에 비로소 심각했던 무린의 입가에 환한 웃음이 걸렸다.

"그렇죠? 역시 그랬어. 그러니까 결국 망균은 없애야겠지요?"

"방도가 있습니까?"

암천의 반문에 비로소 본래의 모습으로 돌아가는 무린이었다.

"내가 누구라고 생각하는 거야? 대신 아저씨가 좀 더 빨리 와줘야 할 것 같아! 가자구. 가서 끝을 봐야지. 그전에 한 가지만 끝내고."

자리를 박차고 일어서는 무린의 신색은 언제 그랬냐는

듯 힘이 넘쳤다.

하나 그 순간의 무린은 너무도 냉막한 표정을 짓고 있었다.

"대체 얼마나 기다려야 하는 거야?"

영문을 알지 못하는 암천이 빠르게 주위를 살폈지만 보이는 구릉의 사방 어디에도 인기척을 느낄 수는 없었다.

"겁쟁인가? 지금이 아니면 기회가 또 없을 거야. 내가 이만큼 약해지기도 힘드니까."

"크하하하하하! 과연 놀랍도다. 빈승의 기도를 이리 쉽게 간파하다니."

잿빛 가사와 도관, 굵은 염주알을 목에 건 괴노인의 갑작스런 등장에 암천의 눈빛이 치떨렸다. 흡사 허공을 뚫고 내려선 듯한 그의 경신법만 해도 그 현묘함에 절로 탄성이 일 지경인 것이다.

하나 혁무린의 눈에는 달라 보이는 것만 같았다.

"껍데기 말고. 진짜가 나와야지. 그래야, 뭘 해도 해 볼 거 아니야?"

무린의 말에 광승의 눈빛이 무섭게 일렁였다.

하지만 외려 혁무린은 콧방귀를 뀌었다.

"하아, 도대체 어찌 자부의 주인이 어쩌다 이 꼴이 되었는지. 어이! 그렇게 숨는다고 안 보이는 게 아니야. 이만큼이나 요란하게 준비한 이유나 들어보자고."

무린의 유유자적한 음성이나 태도가 마음에 안 든 것인지 광승의 눈가는 더욱 짙은 노기에 물들어 갔지만 상대는 혁무린이었다.

누군가의 눈빛이나 기세 따위가 어찌할 수 있는 존재가 아닌 것이다.

외려 이를 지켜보는 암천이 놀라 슬금슬금 뒷걸음질 쳐야 할 상황.

그만큼이나 괴노인의 기도는 엄청났다.

암천이 서 있는 공간의 공기마저 요동치게 만드는 기세, 특히나 번들거리는 그 눈동자는 흡사 광인(狂人)의 그것을 연상케 하니 절로 소름이 일 수밖에 없었다.

하나 무린에겐 그런 광승의 모습이 눈에 들어오지도 않는 듯 보였다.

"그러니까 그 녀석이나 그 아버지랑 내가 싸우다 상잔이라도 하길 바랐던 건가? 예상 밖의 상황이라 바짝 얼어 버린 거고?"

무린의 음성에선 조롱의 빛까지 이어졌지만 그가 원하는 것을 얻지는 못한 얼굴이었다.

사실 무린이 이렇게까지 나온 것은 한 가닥 짙은 의구심 때문이었다.

처음엔 이곳 천목산의 모든 것을 주관한 이가 공령의 주인일 것이라 생각했다.

한데 무언가 이상하단 생각을 지울 수가 없었다.

결정적으로 또 다른 배후가 있다 여긴 것은 여인들의 납치 때문이었다.

천목산의 일을 주관한 이는, 이제 그것이 연후의 부친인 줄을 알게 되었지만 그때까지만 해도 무린 역시 무엇이 목적인지 알지 못했던 것이다.

한데 갑작스런 여인들의 납치와 인질극, 거기에 중살이란 종자들을 동원한 순간부터 앞뒤가 전혀 맞지 않는 상황이 벌어지기 시작했다.

하다못해 자부에겐 아무런 의미조차 없는 비급 따위로 사람을 이만큼이나 모은 일은 결코 즉흥적으로 생각해 낼 수가 없는 일, 한데 그저 자신의 심기를 어지럽히려는 잔수작이 벌어진 것이니 위화감이 느껴진 것이다.

더구나 자부를 안다면, 그로 인해 벌어진 강호사의 질곡을 안다면 결코 다시 나타나선 안 되는 망공의 저주까지 사용했다는 것이 결정적이었다.

처음엔 그 의도대로 분노로 앞뒤가 보이질 않았지만 직접 연후의 부친을 보고 또 연후와 시원하게 한바탕 드잡이질을 하고 나니 보이지 않던 것이 보인 것이다.

결국 진짜 상대는 따로 있으며 그것이 오직 자부나 선대로부터 전해지는 지독한 원망에서 비롯된 일이라는 것을 깨우치게 된 것이다.

그걸 알았기에 이렇듯 기회를 주려는 무린이었다.

누군가 이렇게나 지독한 원독을 품었다면 그것은 그 사연이나 내막을 듣지 않아도 자부나 부친의 잘못임이 분명했다.

"등선마저 거부한 채 이렇게까지 남아 있어야 할 원망이 대체 뭐요? 지난 구원이라면 될 수 있으면 내 풀어주도록 하리다."

어차피 자부를 계승하는 순간부터 떠안은 짐이었다.

부친처럼 살지 않겠다는 강한 다짐, 그 안에는 선대 자부의 잘못마저 절대 외면치 않겠다는 의지가 담긴 것이었다.

하여 정작 진짜 자신을 해하려던 이를 만났음에도 담담할 수 있는 것이다.

물론 눈앞의 이 혈향 짙은 사이비 도사인지 땡초인지 하는 자에겐 그 같은 동정의 마음조차 일지 않는 것이 틀림없었다.

"눈 안 깔아! 이 살귀 새끼야!"

도대체 지가 뭐라고 감히 자신 앞에서 이빨을 들이댄단 말인가.

무린의 눈에서 뿜어진 시꺼먼 안광이 삽시간에 광승이 뿜어내던 광기마저 집어삼키며 휘감자 얼음덩어리처럼 변해 버린 광승은 이빨만 부들부들 떨며 눈알을 이리저리 굴려야 했다.

하나 그 눈마저 감히 무린과 마주치지 못하고 땅바닥을 바라볼 뿐이었다.

선경에 다다른 진짜 공령지도의 주인조차 거역하지 못하는 자부 종주의 힘 앞에서 살기를 덮기 위해 포장된 거짓된 불도(佛道)의 기운 따위가 대수일 수는 없었다.

그제야 분이 조금 풀린 듯 무린의 음성이 낮아졌다.

"서왕궁의 본류가 남아 있지 않을 테니 어머님 쪽이 아닐까 하는데…… 대체 우리가 뭘 얼마나 잘못했는지 들어나 봅시다."

그때가 돼서야 비로소 들리기 시작하는 맑은 여인의 음성이 있었다.

"그대는 그때나 지금이나 참으로 자존광대 그 자체로군요."

순간 무린의 눈빛이 한차례 크게 흔들렸다.

여인의 목소리가 귀에 익었기 때문이다.

정확히는 자신의 귀가 아니라 부친이 남긴 기억 속의 음성이었지만 그것이 누구의 것인지 단번에 알아챌 수 있었다.

그만큼 그 기억 속의 음성이나 지금의 음성이 특별했기 때문이었다.

너무나도 맑고 청아하게 느껴지는 여인의 음성.

뜨끔한 표정을 감추지 못한 무린이 머리를 긁적였다.

"하하! 이건 정말 생각도 못했네. 지다성녀……. 이거 너무너무 큰 빚쟁이를 만나 버렸네. 대체 일을 어쩐다……."

"웃고 있나요, 지금? 그대가 웃을 수 있다니? 내게, 그이에게 어찌했는지 기억한다면……."

"미안합니다. 그리고 인정해요."

"……."

"자, 어쩔까요? 원하는 게 있으면 뭐든 말씀해 보세요. 들어드리지요. 당신이라면 그럴 자격이 있다는 거 아니까요."

"소멸! 그대 겁조의 환생까지도 없는 완전한 소멸."

전에 없이 차가워진 음성에 혁무린은 한동안 가만히 무언가를 떠올렸다.

부친의 기억 속 그녀와 그의 낭군인 무세 단이천을 떠올린 것이다.

아무리 생각해도 부친의 잘못이었다.

그건 그저 어미를 잃은 부친의 생때 같은 너무나 치졸한 복수였다.

그렇게나 서로를 그리워하는 두 사람을 갈라놓고 결국은 영원히 볼 수 없게 만들어 버렸다.

그건 어떻게 포장을 해도 부친이 겪은 천 년의 애증을 화풀이 한 것에 지나지 않는 것이다.

성모라 불린 어미의 영을 소멸시켜 버린 복수의 미명으

로…….

물론 그릇된 일임을 부친 역시 알게 되었다.

자부의 비고를 열고 무제의 절기를 암천에게 준 일을 눈감아 준 것도 그 때문이었다.

평생 가슴에 박힌 도를 뽑지 않고 신목의 영기만으로 살아온 이유 역시 그 잘못을 참회하기 위해서였다.

그래도 어쩌겠는가.

시간을 되돌릴 수는 없으며 정작 그 당사자는 그 짙은 원망의 일념 하나로 수백 년 세월을 건너 그 빚을 받겠다는데.

"이런 줄 알았으면 강이 녀석한테 괜히 미안해하고 막 퍼주고 그럴 이유가 없었는데……."

무린이 머리를 긁적이며 한 발 나섰다.

"좋습니다. 까짓. 진짜 궁금하기도 하네요. 나도 모르는 죽는 법이 있다니. 대신 기회는 이번뿐입니다. 깔끔하게 그걸로 털죠? 어때요?"

무린의 얼굴은 여느 때와 다름없이 장난기 가득한 악동처럼 보였다.

"자존광대의 끝에 무엇이 있는지 알게 될 것."

"크크크크! 신녀의 뜻이 곧 나의 의지요. 베어드리리다. 반드시! 하여 그 넋 앞에 승천의 주단을 놓아드리리다."

어느새 얼어붙어 있던 광승의 전신으로 다시금 짙은 광

기의 기운이 너울거리기 시작했다.

* * *

곽영의 죽음 이후 쉽게 상황이 끝날 줄 알았던 단목강 앞에 뜻하지 않은 악재가 나타났다.

아직 정식으로 부마도위의 직위를 받지 못한 단목강이 분위기로 압도할 수 있는 것은 군부의 장수들뿐인 것이다.

"아무리 부마라 해도 금군의 장수를, 그것도 병부의 장이자 황제 폐하께 친히 대장군을 제수 받은 이를 벤 일은 절대 용서받지 못할 것이오."

곽영이 오기 전까지 이곳 무림왕부를 통솔해 오던 절강의 포정사 홍문규였다.

꼬장꼬장한 늙은 관리답게 단목강의 무시무시한 안광 앞에서 전혀 주눅 들지 않은 그는 오늘 벌어진 일로 인해 반쯤 넋이 빠져 버린 관리들까지 다독였다.

"뭣들 하는가? 장수들을 움직이고 시체부터 수습해야지. 아니, 그보다 마마부터 일단 모시게."

단목강은 뒷전에 세워두고 주위의 사람을 부리기 시작하는 홍문규의 모습은 그야말로 능수능란해 보였다.

하나 그가 곧 닥칠 병력을 기다리기 위한 시간을 벌려 한다는 것을 모를 정도로 아둔한 단목강이 아니었다.

"그만! 마마의 옥체에 손끝 하나라도 대었다간 모조리 목을 벨 것이다."

거대한 중청 전각이 무너져 내려도 이상할 것 같지 않은 단목강의 음성에 기가 질린 관리들이 그 자리에서 얼어붙어 버리자 단목강이 저벅저벅 걸음을 옮겼다.

그러자 그 앞을 막고 있던 금군의 병사들과 내밀원의 무인들이 어쩔 줄 몰라 하며 홍문규를 바라보았다.

많은 부관들이 있긴 했지만 정작 곽영의 죽음 이후 누구의 명을 따라야 할지 몰라서 그런 것이다.

순간 홍문규가 소리쳤다.

"강호의 무부 따위가 부마라 주장하면 다 그리된단 말이더냐? 대장군을 벤 죄인이다! 저놈을 당장 무릎 꿇리어라!"

홍문규의 카랑카랑한 노성에 그제야 중청에 모인 관리들과 장수들이 무엇을 해야 하는지 판단할 수 있었다. 곽영이 죽었다 뿐이지 포정사의 의지 또한 곽영과 다르지 않다는 것을 확인할 수 있었던 것이다.

단목강의 두 눈에는 분노가, 사태를 지켜보던 강호인들에겐 더없는 절망감이 교차하는 순간이었다.

한데 그 순간 예기치 못한 일이 벌어졌다.

포정사 홍문규 뒤편으로 날랜 그림자 하나가 떨어져 내리더니 그의 손목을 붙잡은 것이었다.

너무나 빠른 움직임에 주변의 장수들이 화들짝 놀라 창

검을 겨눌 때였다.

“그만합시다. 이건 아니오. 이게 대인의 뜻은 정녕 아닐 것이오.”

초라한 행색의 거지 노인이 홍문규에게 애원하자 홍문규 또한 갈등의 빛이 보였다.

그와 같은 번천회 소속의 괴개였고 연이어 독마 갈목종마저 관병들 속에서 모습을 드러냈다.

“그렇습니다. 포정사 어르신. 곽 장군 자의로 펼친 일이지 이것이 대인의 뜻은 절대 아닐 것입니다.”

갈목종까지 나서서 그리 나오자 홍문규 또한 어찌할 바를 알지 못했다.

그리고 이 참혹한 상황이 좋아서 나선 것은 아니었다.

단지 곽영이 대인의 충복이며 이 모든 것이 새 세상을 만들고자 하는 대인 유기문의 뜻인 줄로 알기에 오욕을 뒤집어쓰려 했던 것뿐이었다.

“하면 어찌해야…….”

“내 어떻게 해서든 대인을 찾을 것이니…….”

괴개가 그리 말하다 갑작스레 고개를 돌렸다.

다른 이들에 비해 비교적 내력이 온전한 터라 산중을 타고 심상치 않은 소리가 들려옴을 느낀 것이다.

이는 틀림없는 진군의 소리였다.

몇 백 기의 말발굽이 일으키는 소리가 아닌 산세 전체를 진동시키는 대군의 이동 소리!

"시간이 없소! 이제라도 저들을 멈추게 해야 하오!"

다급하게 터져 나온 괴개의 음성에 홍문규는 맥없이 고개를 흔들었다.

"절강의 포정사가 무슨 힘으로 하북도지휘사의 병력을 막겠소? 격에 맞는 군부의 장수가 나설 일이지……."

그리 말하며 주변에 자리한 품계 높은 장수들을 살피던 홍문규가 이내 고개를 절레절레 저었다.

"일단 사람을 보내 보긴 하겠습니다만 기대는 마시오. 수년 전부터 오직 곽 장군의 손에 의해 조련된 이들이 하북의 병력이니……."

* * *

"이 첫 수는 천망(天網)이라 하지! 말 그대로 하늘의 그물이니 그대를 옭아매는데 쓰일 것이야!"

광승의 쇳소리가 섞인 음성에 무린의 날이 곤두섰다.

"그냥 닥치고 하면 안 될까! 네 녀석 죽이고 싶은 거 참느라 속이 타서 먼저 죽을 것 같은데."

"크하하하하! 어찌 이 신성한 때에 격식을 뺄 수 있겠느냐? 다만 그토록 원하니 이제 몸소 신녀가 내게 내린 천명(天命)의 삼식(三式)을 겪어 보도록!"

광승의 기도가 일변했다.

이제껏 짙은 광기나 살기가 그를 지배했다면 그 기운들이 거짓말처럼 사라지기 시작한 것이다.

그리고 그 순간 그의 목에 기다랗게 걸려 있던 염주 목걸이가 허공으로 떠올랐다.

한 알이 호두알만큼이나 큰 염주알 하나 하나에는 알 수 없는 범문이 깨알처럼 새겨져 있었다.

"이것이 바로 천망, 네놈을 가둘 그물이니라!"

광승의 손끝이 뿌려지며 거대한 염주 목걸이가 허공으로 비산했다가 그대로 혁무린의 몸통을 휘감았다.

촤라라락!

어느새 포승줄처럼 단단하게 두 팔과 몸통을 조여 버린 염주 목걸이에 무린의 눈빛이 일변했다.

'파계(破界)의 인(印)!

무린이 알지 못하는 기억 속 지식이 전신을 압박해 오는 염주와 그에 담긴 힘이 무엇인지 알려주었고 순간 무린은 적잖이 당황할 수밖에 없었다.

아득한 고대에나 존재했던 힘, 팔계가 서로 자유롭게 소통하던 시절에나 존재했던 힘이 바로 파계의 인이기 때문이었다.

무린의 얼굴이 점점 딱딱하게 굳어져갔다.

그 자체가 무서운 것이 아니라 그로 인해 앞으로 자신에게 닥칠 일 때문이었다.

서로 다른 존재들의 세상인 팔계, 그 자유롭던 소통의 길을 완전히 구분 지어 막아 버린 것이 바로 파계의 인에 담긴 위력이었다.

이는 곧 명계의 힘이 차단된다는 의미!

'불사지신을 쓸 수 없다!'

당당히 빚을 갚겠다 했던 근간이 되는 것이 바로 명왕의 강신이나 현신 때문이었는데 그 원천이 차단되고 말았으니 시작부터 무린이 원하는 상황과는 전혀 달라지고 있는 것이다.

그 순간 다시금 들려오는 광기 어린 음성!

"이것이 그 두 번째. 참절(斬絕)이니!"

허공으로 훌쩍 날아오른 광승이 머리에 손을 올렸다.

그리곤 도관과 머리칼 사이를 고정시키고 있던 새까만 철 쪼가리를 빼 들었다.

겨우 손바닥 길이나 될까 말까 한 크기의 시커먼 철 조각이었지만 무린의 눈은 파계의 인을 접했을 때보다 더욱 당황할 수밖에 없었다.

'설마! 신수(神獸)의 발톱이란 거야? 저게 대체 어떻게 아직까지!'

마지막 신수가 사라진 것이 언제인지는 알 수 없지만 그것이 얼마나 무서운 병기가 될 수 있는지 너무나 잘 알고 있었다.

서왕모(西王母)를 잘게 찢어 더 이상 소생하지 못하게 만든 병기가 바로 신수 중 청룡의 발톱이라 전해지기 때문이었다.

순간 광승의 손에서 쏘아진 철 조각이 그대로 무린의 명문을 파고들었다.

"큭!"

가슴팍 중심에서 전신으로 퍼져 나가는 화끈한 고통에 절로 터지는 신음, 하나 무린은 피가 나도록 입술을 꽉 깨물었다.

그런 무린의 모습을 보더니 광승의 눈가가 씰룩였다.

"고얀! 본 문의 불괴지신을 흉내 내려 하다니!"

실상 철 조각이 절반뿐이 박히지 않은 것은 다급했던 무린이 일공이 사용하던 금강불괴지신을 떠올렸기 때문이었다.

하나 다른 중원의 무공들과 달리 이 또한 본류가 완전히 자부의 것만이 아닌지라 완벽히 체화되지 않은 것이다.

그나마 그 때문에 치명상을 입지 않은 것이고.

"주절거리지 말고 빨리 해! 진짜 네놈, 죽이고 싶은 거 참기 힘들어지고 있으니까."

"크하하하하! 발버둥이구나. 발버둥! 좋다. 이것이 바로 신녀께서 너 천무의 주인을 멸하기 위해 만든 마지막 안

배다."

허공에 떠올라 있는 광승의 잿빛 가사가 폭풍에 휘말린 듯 거세게 휘날렸다.

순간 하늘의 문이 열린 듯 금빛 광망이 광승의 전신으로 쏟아져 내렸다.

가슴에 전해지는 극렬한 고통 속에서도 무린의 눈이 치켜떠졌다.

"대체 무슨 미친 짓을?"

눈에 보이는 현상이 무엇인지 알기 때문에 일어나는 반응이었다.

등선, 탈각, 해탈 어떤 것이라 불러도 상관없지만 그것이 인위로 가능한 것이 아니라는 것은 분명했다.

한데 그 선계의 문이 열린 것이다.

그것도 도저히 열려선 안 되는 혈향 짙은 괴인에 의해!

그 순간 들려오는 여인의 청아한 음성.

"그대를 소멸시킬 길은 이것뿐! 육신이 무결하니 이자와는 달리 경계를 넘을 것이라 믿어요!"

"이런 미친!"

무린이 노기를 참지 못하고 소리쳤지만 어느새 광승의 신형이 바람처럼 날아들어 무린의 신형을 붙잡았다.

여전히 광기에 번들거리는 눈으로 무린을 향해 웃는 광승.

“본 승이 죽어 천명을 행하니 이 또한 기쁘지 아니한가! 또한 나 영이 선계로 향할지니!”

광승은 무린을 붙들고 이내 하늘에서 쏟아져 내리고 있는 찬란한 금빛 서기를 향해 치솟으려 했다.

하나 더 이상 당하고 있을 생각은 없었다.

이건 전혀 약속이 틀린 것이다.

초식 세 개를 받아주는 것하고 다른 팔계의 세상으로 보내지는 것이 어찌 같은 문제이겠는가?

팔계의 간섭을 막는 것이 이 세상에 자부가 있는 이유, 한데 다른 팔계를 혼돈으로 몰아 넣을 일이 생겨선 절대로 안 되는 일인 것이다.

이 정도 했으면 충분하단 생각이었다.

무린의 눈이 부릅떠지며 일갈했다.

“암천! 뭐해!”

순간 두 사람이 서 있는 땅거죽을 뚫고 불쑥 솟아오른 날카로운 꼬챙이가 광승의 발바닥을 꿰뚫었다.

“크악!”

화들짝 놀란 광승이 서둘러 몸을 날리며 느닷없이 땅 위로 솟구치는 인영을 노려보았다.

너무나 평범해 신경조차 쓰지 않던 이였다. 한데 그가 발밑에 웅크리고 있었던 것을 몰랐다는 사실에 기가 막힐 따름이었다.

“어이! 미친 중놈! 그런 눈으로 보지마. 기분 나쁘다. 이래 봬도 살수계의 전설이신 암제의 후예가 바로 이 몸이시니.”

암천이 으쓱하며 무린을 쳐다보았다.

배우기만 배웠지 직접 써 본 것은 처음인 혼검이 이토록 은밀하고 무서운 것인지 처음 알게 된 터라 왠지 들뜬 마음인 것이다.

갑자기 보물을 얻어 횡재라도 한 기분인 것이다.

물론 혁무린의 상태를 보니 마냥 좋아할 수도 없어 보였지만 말이다.

하나 그것도 잠시뿐이었다.

무린의 눈이 이글이글 타오르기 시작했다.

순간 너무 놀라 화들짝 멀찌감치 물러나야 했던 암천!

화르르르륵!

초열지옥의 열기와도 같은 불꽃이 그의 전신을 타고 오르더니 이내 몸을 묶은 염주알을 태우기 시작한 것이다.

언젠가 금도산과 초노인의 대결에서 보았던 화령지기가 틀림없었다. 하나 그때의 금도산보다 더욱더 강렬한 화염이 무린을 휘몰아치고 있는 상황이었다.

그럼에도 그저 붉게 타오르며 범문의 글자색만 변하고 있는 것을 보며 괜히 그걸 잘라준다고 나섰다가 창피만 당할 뻔했다는 생각이었다.

한데 그 순간 더욱 믿지 못할 일이 생겼다.

무린의 두 눈에서 시퍼런 빛이 뿜어지더니 마른 하늘에 뇌성벽력이 울린 것이다.

우르릉, 콰쾅! 쩌저저적!

벌써 희미해져 가는 금빛 서기 따위는 비교조차 되지 않을 시퍼런 낙뢰가 가슴에 박힌 쇳조각으로 떨어져 내리는 순간, 무린의 입에서 고통인지 분노인지 모를 비명이 토해졌다.

"으아아아아악!"

순간 무린을 휘감아 타오르고 있던 염화의 불길이 하늘 끝까지 치솟았고 무린을 속박하던 염주알은 사방으로 터져 나갔다.

너무 놀라 입만 쩍 벌린 암천.

도왕의 힘과 벽마의 힘을 한꺼번에 펼친 것도 기경할 일인데 뇌기를 일으켜 불길을 수십 배나 키워 버린 그 능력에 그저 고개만 절레절레 저을 뿐이었다.

푹!

자유로워진 손으로 가슴에 박힌 철 조각을 빼낸 뒤 이내 와락 구겨 버린 무린이 저 멀리 떨어진 광승을 향해 읊조렸다.

"넌 진짜로 죽어야겠다."

第十章

운하혈우(銀河血雨)

하북의 군세 삼만이 들이닥쳐 무림왕성을 에워싸자 그 안쪽에 자리한 이들은 더욱 혼란스러울 수밖에 없었다.

그중 가장 당혹스러운 이들은 안휘와 절강에서 온 금군이었다.

일만이던 대군이 거의 반 토막이 되었고 그 과정에 꽤나 많은 지휘부의 장수들마저 죽어 나간 터였다. 하니 곽영이 살아 있을 때처럼 그저 중청 대전 쪽의 군기만을 바라볼 뿐이었다.

한데 그런 자신들을 향해 성밖에 포진한 하북의 병력이 외려 공격을 감행할 태세이니 너무나도 황당할 수밖에 없는 것이다.

한편 중청 쪽의 상황도 별반 다를 것이 없었다.

그야말로 우왕좌왕이며 간신히 정신을 차린 자운 공주가 사태를 수습해 보려 해도 하북성의 병력은 요지부동이었다.

대장군 곽영의 죽음에 책임을 지고 모든 무림인을 참살하겠다는 뜻.

본래부터 대명의 금군이 아니라 곽영의 사병이나 다름없이 키워진 그들이기에 여차하면 황실이라도 전복할 기세였다.

하니 중청 쪽에 살아남은 어림천위군 천여 명이나 절강, 안휘, 강소의 병력들은 더욱더 혼란스러울 수밖에 없는 것이다.

당장 공주나 포정사의 명을 따르다가 여태 목숨 걸고 싸우던 무림인들 편을 들어야 할 처지가 될 수도 있으니 그야말로 진퇴양난의 처지에 놓인 것이다.

그런 과정에 그나마 결사의 기치를 높히던 무인들은 잠시간 평온한 휴식을 취할 수 있었고, 공주의 명으로 포승줄에서 풀려난 무림인들은 서로 멋쩍게 얼굴을 쳐다보면서도 감히 비무대가 있던 광장의 중심 쪽으론 다가설 수가 없어 고개만 숙이고 있던 때였다.

그런 이들을 향해 먼저 손을 내민 것은 도성 무암 진인이었다.

"살고자 하는 것이 어찌 부끄러움이 되겠는가? 이리로

오시게. 사해가 동도란 말은 수백 성상을 내려온 강호의 진언이 아니던가."

아무리 무암 진인의 말이 있었다 해도 염치없이 그들 무리로 나아갈 수 있는 이는 없었다.

그러나 그들 중 더러 깨달은 이도 있었다.

산다는 것보다 때론 더 가치 있는 것들이 있다는 것을.

비록 당장 저들과 나란히 할 수는 없지만 다시 선택의 기회가 온다면 결코 부끄럽지 않은 선택을 하리라 다짐하는 것이다.

그런 이들이 한둘이 아니었다.

패배자, 변절자의 부끄러운 시선들이 사라지며 언제 적으로 돌변할지 모르는 관군들의 손에서 자신의 병기를 되찾아오는 이들이 늘기 시작했다.

이천에 달하는 그들의 분주함이 다시 중청의 분위기를 술렁이게 했다.

그런 모습을 바라보는 무암 진인의 입가에 참으로 인자한 미소 한 줄기가 걸렸다.

물론 모두 다 무암 진인처럼 그들을 용서할 수는 없었지만 적어도 당장 내분을 일으킬 때가 아니라는 것 정도는 충분히 공감했다.

다만 그 가운데에서도 유독 화난 얼굴을 지우지 못하는 사내 사다인이 있었다.

"대체! 왜! 매번!"

"아악!"

"가만 있어! 쇠독이 얼마나 무서운 줄 알고 이걸 아직까지 박고 있어!"

"으으음……."

"아프면 소리 질러. 그렇게 꽉 깨물다 이빨 상해. 아니, 이거라도 물어."

자신의 왼팔을 내밀자 은서린은 고통 중에도 놀란 눈으로 사다인을 올려다봤다.

"빨리!"

다시 한 번 채근하는 그 음성에 하는 수 없이 사다인의 시꺼먼 팔목을 가볍게 깨무는 은서린이었다.

순간 사다인은 무심한 얼굴로 그녀의 복무와 가장 가까운 쪽의 활대를 움켜쥐었다.

미세한 떨림만으로도 고통스러운지 그녀의 얼굴이 일그러졌다.

"뽑는다!"

"으윽!"

푹 소리와 함께 뽑은 화살촉을 눈까지 들어 올린 사다인이 그 끝에 걸려 있는 자그마한 살점들을 살폈다. 그제야 굳어졌던 그 얼굴이 조금 펴졌다.

"천운인 줄 알아, 장기를 피해간 걸."

사다인의 말을 듣지도 못하는지 여전히 그의 팔목을 문 채 고개를 떨어뜨리고 있는 은서린, 그런 은서린의 머릿결을 사다인이 가만히 쓰다듬었다.

그녀가 물었던 팔목엔 가지런한 이빨 자국과 핏물이 가득했지만 사다인은 어느새 혼절한 그녀를 조심스럽게 안아 바닥에 눕혔다.

"일어나면 함께 가자. 이런 곳보단 훨씬 살기 좋아. 그리고, 살아 있어서 줘서 고맙다."

복부의 상처를 능숙한 솜씨로 지혈하며 자장가를 들려주는 듯 이어지는 사다인의 음성에 그녀의 몸이 이따금 움찔거렸다.

그리고 이내 감겨진 그녀의 두 눈을 타고 또로록 물방울이 흘러내렸다.

혼절한 줄만 알았던 그녀의 입에서도 나직한 음성이 흘러나왔다.

"고마와요…… 와 주셔서……."

"응! 한숨 자고 일어나면 다 끝나 있을 거야."

사다인이 일어서며 그 곁에 있는 단목연화와 당예예에게 말했다.

"금방 올 테니 잠시만 부탁합니다. 꼭 해야 할 일이 있어서."

이제껏 보아온 날들 중 가장 공손한 태도의 사다인이었다.

상황만 이렇지 않다면 놀려주고 싶은 마음이 드는 당예예였지만 그저 말없이 웃으며 걱정 말라는 눈빛을 보낸 것이 전부였다.

그러면서도 연후의 행방을 묻고 싶은 것을 억지로 참았다. 이는 단목연화 역시 마찬가지, 그런 그녀들의 마음을 안다는 듯 사다인이 한마디를 남겼다.

"이런 때 오지 못한다면 이유가 있을 녀석들이오."

곧장 몸을 돌린 사다인이 향한 곳은 중청 뒤편 일왕각으로 향하는 후원이었다.

아무리 시간이 없다 해도 도망간 중살의 행방을 아는데 방관할 수가 없었다.

자칫 혼란 중에 다시 도망이라도 친다면 한동안 또다시 중원에 머물러야 할 터, 이제 그러고 싶은 마음은 전혀 없었다.

높디높은 구층 전각 앞에 멈춘 사다인이 안으로 들어가려다 말고 가만히 일왕각을 훑기 시작했다.

"흥! 정신 나간 중원 놈들. 이따위 걸 만드느라 백성들 등골이나 빼먹고."

으득!

이를 꽉 깨문 사다인이 조심스레 일왕각 안쪽을 살폈다.

거의 짐승과 다름없이 예민한 감각들이 전각 전체에 인기척이 없음을 감지해 냈다.

그럼에도 사다인의 입가에 비릿한 웃음이 걸렸다.

희미하지만 놈들을 잡을 때 기억해 두었던 중살의 독특한 체향이 느껴졌기 때문이었다.

고문의 효과가 확실함을 재삼 확인한 사다인이 안쪽으로 걸음을 옮기려다 이내 마음을 고쳐먹었다.

“그냥 죽이는 것보단 이게 낫겠지. 무덤만큼은 크고 화려하게 만들어 주마.”

우르르릉! 콰콰콰쾅!

삼뢰인을 펼쳐 거대한 낙뢰를 구층 전각의 꼭대기로 떨어뜨린 사다인이 휙 하니 뒤돌아섰다.

쿠쿠쿠쿠쿠쿵!

한층 한층 무너져 내리는 속도가 더해진 일왕각이 어느 순간 거대한 흙먼지를 일으키며 폭삭 주저앉았다.

순식간에 거대한 폐허 더미로 변한 일왕각, 그 충격에 튀어나온 거대한 현판만이 먼지로 자욱한 공간에 나뒹굴었다.

흡사 거대한 돌무더기의 무덤처럼 변한 일왕각!

“그 속에서 고통 받으며 서서히 죽어가거라. 그게 네놈들과 가장 어울리는 죽음이다.”

*　　　*　　　*

일왕각이 무너져 내리는 폭음을 기점으로 하북의 병력이

무림왕부 안으로 진입했다.

중청과 그들 사이에 자리했던 절강, 안휘, 강소의 병력들은 하북군의 협조를 구하여 벌써 무림왕부 밖으로 물러난 후였다.

이는 중청 쪽도 마찬가지인지라 장수들은 물론이요 고위 관리들마저 자운 공주 하나만을 남겨둔 채 재빠르게 몸을 빼 버렸다.

그리하여 중청에 남은 것은 이제 무림인들뿐.

태양은 서서히 서편 산자락에 걸려가는 시각, 또다시 쇠뇌를 앞세운 삼만 군세의 총공세가 시작되려 했다.

어차피 이기지 못할 싸움이 될 것이란 생각을 하면서도 처음과는 다른 분위기였다.

의연하게 죽음을 마지하리란 분위기, 최후까지 강호무림의 의기를 보이겠단 투지까지 더해져 그리 나쁘지만은 않은 때였다.

"모두 전각 안으로!"

그때 어떤 여인의 낭랑한 음성이 터져 나왔다.

"칼 한 번 휘둘러 보지 못하고 죽고 싶진 않잖아요!"

입을 여는 여인은 제갈소소, 한때 오수련의 군사를 역임했던 재녀였다.

그리고 그녀의 말이 무슨 뜻인지 모를 이유가 없었다.

그 지독한 쇠뇌살에 벌써 수천의 무인들이 쓰러져 갔으니.

그런 허망한 죽음을 원하는 이는 아무도 없을 터, 다행히 중청의 대전은 이 자리의 모든 이들이 들어가도 넉넉하게 남을 정도로 웅장한 건물이었다.

하나둘 그녀의 말에 따라 이동하기 시작하던 발걸음들이 점점 더 빨라졌고 그럼에도 여전히 광장에 남은 이들은 꽤나 많았다.

안으로 피해봤자 그것이 임시방편에 지나지 않는다는 사실을 알기 때문이며 종국엔 건물 밖으로 나오지도 못해 보고 몰살당할 수도 있다고 여기는 이들 때문이었다.

물론 그런 정도를 판단할 수 있는 이들이라면 아직까지 쇠뇌 정도는 충분히 피해낼 수 있다 여기는 무인들이 대부분이었다.

하나 그것이 얼마나 우매한 판단인지 깨닫는데 걸린 시각은 그야말로 한순간이었다.

장수의 공격 명령조차 없이 일제히 들려오는 쇠뇌의 격발 소리.

거의 하나의 쇠뇌가 쏘아지는 듯한 철컥거리는 소음이 얼마나 모여야 이렇게 크게 들릴 수 있을까 하는 의문을 가지기도 전 하늘을 뒤덮는 화살비가 떨어져 내렸다.

슈슈슛슈슈슛!

퍼퍼퍼퍼퍼퍽!

중청의 광장 전체는 물론이요 전각의 외벽까지 모두가

화살 모양의 잡초가 자라난 모양으로 변해 버린 것은 그야말로 순식간이었다.

삼만 개의 쇠뇌살이 한꺼번에 폭사되어 온 광경은 이전까지의 이어졌던 공격과는 차원이 다른 것이었다.

호기롭게 광장의 중심에 섰던 이들 백여 명은 그야말로 고슴도치보다 더한 가시를 만든 채 절명해 버렸다.

그 참혹한 광경에 중청 전각 안에 모인 이들의 입에서 숨 넘어 가는 소리만 이어질 뿐.

철컥! 철컥!

다시금 쇠뇌살이 걸리는 소리, 그리고 잠시 뒤 이어지는 또 한 번의 파공음과 격타음!

쇠뇌 따위에 전각이 무너질 이유야 없다지만 그 어마어마한 소리에 놀라 주저앉는 이까지 속출했다.

전의는 순식간에 다시 공포로 변해가고 있었다.

때마침 광장의 담장 너머에서 들려온 누군가의 외침!

"전군 정지! 화포 앞으로!"

그 순간 얼어붙어 버린 중천 안의 분위기.

설마 잘못 들은 것은 아닌가.

아니, 잘못 들었다고 말해주길 바라며 좌우를 두리번거리는 불신의 눈빛들.

하나 그것은 그저 소망이고 바람일 뿐이었다.

담벼락 너머로 하나씩 걸쳐지는 시커먼 포문을 눈으로

확인한 이들이 털썩하며 제자리에 주저앉고 말았다.

하나씩 하나씩 담장 위로 포문이 고개를 내밀 때마다 심장을 옥죄어 오는 압박감을 느끼기 시작하는 중청 안의 무인들.

어차피 죽는다는 생각에 누군가 용기 내어 뛰쳐나가 보지만 입구조차 제대로 넘지 못했다.

퍼퍼퍼퍼퍽!

수십 수백 발의 쇠뇌가 내공의 태반을 상실한 무인들을 처참한 모습의 주검으로 만들었다.

그야말로 사면초가의 상황.

한데 그 순간 중청 안 무인들에게 한 가닥 희망이 될 법한 기음이 들려왔다.

치치치치칙!

파팟!

어둑해져 가는 바깥 풍경 사이로 거미줄 같은 섬광이 미친 듯이 뻗어 올랐고, 연이어 헤아릴 수 없는 비명이 터져 나온 것이다.

"벽마!"

누군가의 외침에 심장이 두근거리는 여인이 있었다.

그때 다시 한 번 터진 희망의 섬광!

번쩍!

콰콰콰콰쾅!

담벼락 위 시커먼 화포를 타고 수십 발의 뇌전이 연이어 떨어져 내렸고 포신을 지키던 병사들마저 담장 아래로 꼬꾸라지고 있었다.

얼핏 보아도 백여 문에 달하는 화포가 놓인 상황이었다. 이를 운용하려던 병사가 한꺼번에 쓰러져 내렸으니 잠시 잠깐 희망의 불씨를 키울 수가 있었다.

그 순간 터져 나온 외침!

"저쪽이다!"

철컥! 철컥! 철컥!

슈슈슛슈슛슈슈슛!

얼마나 많은 쇠뇌가 무작위로 쏘아지고 있는지는 알 수 없었으나 그 소리만 들어도 절대 살아날 수 없을 것만 같았다.

중청 안도 건물 바깥도 모두 침묵하는 순간!

"서군 오대 후원 쪽……."

파지직!

"크아악!"

이제껏 군세를 통솔하던 이의 비명이 터져 나오고 다시금 헤아릴 수 없는 쇠뇌 소리가 터져 나왔다.

바깥의 다급함이 어떠한지 중청 안에서 충분히 느껴지는 때였다.

"이대 포신 정렬! 화포를 쏘란 말이다!"

"뭐하느냐! 놈은 하나다. 서군 육대, 칠대 오대를 도와!"

분주히 들려오는 군진의 이동 소리, 그리고 쏘아지는 쇠뇌의 파공음!

그리고 다시 침묵이 이어졌다.

중청 안은 그보다 더욱 깊은 적막감에 빠져들 수밖에 없었다.

한참이나 이어진 바깥의 침묵이 한 가닥 희망의 끈마저 완전히 잘라내 버리려 하는 순간!

우르르르릉! 콰콰콰콰쾅!

하늘을 뒤집을 듯한 뇌성벽력 소리가 다시금 터져 나왔다.

"힘내요!"

저도 모르게 목소리를 높인 은서린!

사람들의 시선이 쏘아졌지만 그녀는 개의치 않았다.

그저 양손을 모으고 간절히 소망하고 또 소망했다.

제발 살아달라고.

그 마음이 전해진 것인지 모두가 더없이 숙연해졌다.

그리고 마음으로 응원했다.

"무량수불! 무량수불!"

청명하게 이어지는 무암 진인의 나직한 도호가 홀로 싸워 나가는 시대의 마인 벽마에게 간절히 전해지기를 바라는 때였다.

그리고 그때 중청의 문을 향해 한 걸음을 내딛는 이가 있었다.

"가지 마……."

붙잡는 여인의 음성, 하나 사내는 뒤돌아보지 않았다.

"이 마음이 뛰쳐나가라 합니다. 부디 보중하시길!"

쫘랑!

사내가 등 뒤에 매고 있던 기형도를 뽑는 순간 말도 못할 기세가 뿜어져 나왔다.

"혈마도!"

누군가 견식 있는 이의 때 아닌 탄성이 흘러나왔지만 그것이 사내의 걸음을 막을 수는 없었다.

사내가 중청 광장을 향해 뛰쳐나가며 온 마음을 담아 소리쳤다.

"형님! 소제 단목강이 갑니다."

수백 발의 쇠뇌살이 일제히 쏘아졌으나 그것이 문제가 아니었다.

바로 그 순간 절대 들리지 말아야 할 소리가 들린 것이다.

"발포!"

콰광! 콰광! 콰광! 콰광! 콰광! 콰광!

백여 문의 화포가 일제히 터져 나오는 소리가 천목산 전체를 무너뜨릴 듯 메아리쳤다.

중청 안의 무인들 모두가 귀를 틀어막으며 주저앉았다.

* * *

연후의 눈에 허공에서 떨어져 내리는 낙뢰가 보인 것은 무림왕부가 자리 잡은 산자락을 두 개나 남겨 둔 곳에서였다.

그리고 그 낙뢰의 흔적이 사라졌을 때 다시 산 하나를 넘었다.

그런 연후가 마침내 다시 일왕각 뒤편에 자리 잡은 절벽 꼭대기에 선 것은 한 호흡의 숨을 쉬는 것보다 짧은 시간이 지난 후였다.

그곳에서 연후의 발걸음이 잠시 멈추었다.

극한의 힘을 발하며 극한의 속도로 내달려 이곳에 온 연후의 호흡은 거칠었다.

무린과의 일전도 일전이었지만 잠시 잠깐 한계치를 넘어선 상태로 무리하게 이동했기에 내기를 다스릴 필요가 있었다.

그리고 또한 냉정히 상황을 살펴야 할 때였다.

발밑 절벽으로 보이는 흉측한 일왕각의 잔해가 연후의 표정을 무겁게 했다.

그리고 중청의 후원을 지나 백양전과 곤좌전 쪽으로 이

동하는 사다인의 다급한 모습 역시 한눈에 들어왔다.

그런 연후의 눈이 어느 순간 급격하게 치떠진 것은 백여 문의 화포가 일제히 불을 뿜는 것을 확인한 때였다.

그리고 그 가운데 홀로 달려 나가는 단목강을 확인한 순간 연후의 눈에는 그 어느 때보다 짙은 광망이 일었다.

그대로 절벽을 박찼다.

전신의 힘을 공으로 돌리고 나아가는 속도를 극대화, 가용과 반용의 법에 구애받지 않는 광령 안에서 연후의 신형은 무한에 가까운 빠름에 달할 수 있었다.

연후가 만들어낸 시간과 공간은 단지 멈추어 있는 것이 아니라 일그러지고 있었다.

그만큼 다급한 순간.

날아들던 힘을 그대로 검끝에 담았다.

강렬한 염화의 불꽃으로 변해 내달리던 힘을 더해 그대로 쏘아 보냈다.

광령의 경지에 이른 속도로 나아가던 힘에 더해진 공파탄강의 오의!

시뻘건 강기들이 연후의 신형보다 빨리 날아가 중청으로 나아가던 화탄들을 꿰뚫기 시작했다.

강기에 꿰뚫려 조각난 화탄이 사방팔방으로 비산하며 오히려 담장 여기저기로 튕겨지던 때 마침내 연후의 검끝은 단목강을 향해 쏘아지던 수백 발의 강전들을 남김없이 베어갔다.

후두두두두둑!

메뚜기 떼가 떨어져 내리듯 조각난 강전들이 우수수 떨어져 내렸다.

검마 유연후!

그가 난전의 중심에 우뚝 나타난 그 순간 방향이 화탄의 파편으로 인해 중청 광장 곳곳에 어마어마한 폭음과 비명이 쏟아졌다.

콰콰콰콰콰쾅!

거대한 흙먼지 속에서 하나둘 일어서는 금군들은 이 영문 모를 폭발에 놀라 지휘관들을 찾았으나 그들이라고 다를 바가 없었다.

단지 처음 하나였던 무림인이 둘로 변했다는 것이 놀라울 뿐, 그리고 이내 그 자리에 또 다른 이족 사내가 합류했다.

"요란하게도 오는구나."

"연후 형님!"

두 친구의 음성에 연후가 답했다.

"늦어서 미안하구나."

"무린은?"

"글세. 이 일은 자기 소관이 아니라더구나."

그리 답하며 이내 중청 안쪽으로 시선을 돌리는 연후에

게 사다인의 면박이 이어졌다.

"오자마자 제 여자부터 찾는 거냐?"

"형님들! 그런 이야길 나눌 때가…… 주변을 좀 보십시오."

어느새 다시 새까맣게 모인 병사들이 일제히 쇠뇌를 겨누는 것이다.

실로 어마어마한 위압감이 느껴질 수밖에 없는 상황.

하나 연후는 그들 중 장수로 보이는 자를 쏘아보며 나직한 음성을 내뱉었다.

"그대들 또한 같은 하늘을 사는 이 나라의 백성! 죽이고 싶지 않소이다."

사다인에게 벌써 수백이 넘게 쓰러졌지만 그 정도는 삼만의 병력에서 태도 나지 않을 수준이었다.

한데 그 대군 앞에서 죽음을 언급하는 연후가 금군에게 정상으로 보일 리 없었다.

"이제 좀 바뀌었다 싶더니 아직도 그 모양이냐?"

다시금 이어진 사다인의 타박.

그리고 급작스레 금군을 향해 뛰쳐나가며 터져 나온 음성.

"싸울 생각 아니라면 방해나 하지 마라!"

쇠뇌를 겨누고 있는 좌측방을 향해 주먹을 휘두르면 나아가는 사다인.

치지지지직!

소리만 들어도 공포에 휩싸일 수밖에 없는 뇌신의 힘 앞에 제대로 쇠뇌를 쏘아낸 이가 없었다.

그리고 이내 양 떼 사이로 뛰어 들어간 맹호처럼 일권 일권에 뇌신지기를 담아 금군을 쓰러뜨리는 사다인이었다.

"이번엔 사다인 형님이 옳습니다. 그럼 소제가 이쪽을!"

우수로 혈마도를 힘껏 움켜쥔 단목강이 좌수를 흩뿌리자 일순간 거대한 파천비륜이 만들어져 한꺼번에 수십 명의 허리를 가르고 지나갔다.

그 기경할 광경에 쇠뇌조차 쏘아볼 생각을 하지 못하는 찰나!

자신이 만들어 놓은 길 안쪽으로 뛰어들며 단목강이 소리쳤다.

"마마를 해하려는 역도들에게 자비는 없다!"

상실된 내공 이상의 힘을 끊임없이 일깨우는 절세의 신병 혈마도를 움켜쥔 단목강.

그의 일도 일도에 금군은 통나무처럼 쓰러져 갔다.

그런 두 사람을 보는 연후의 얼굴엔 외려 희미한 미소가 걸려 있었다.

과거의 연후라면 상상도 하지 못할 모습.

하나 부친을 위해 친구도 베려 했던 연후가 과거의 모습일 리 없었다.

그러나 나오는 그 목소리 또한 참으로 연후답다 할 수 있었다.

"평생의 지기라는 자들이 어찌 사람 목숨을 이리 가볍게 여긴단 말이냐!"

연후의 눈이 번쩍였다.

광안을 열고 순식간에 사라진 연후의 초연검이 가볍게 전방을 베어갔다.

쇠뇌를 들고 있는 병사들의 팔만을 싹뚝 베어가는 연후.

그가 지나가는 자리에 주인 잃은 팔과 쇠뇌가 한정없이 생겨나며 죽는 이들보다 더욱 처절한 고통이 파도처럼 번져가기 시작했다.

그 속도는 가히 상상을 초월했다.

단 세 명의 난입, 그들로 인해 삼만 군세가 요동치기 시작했다.

이를 지켜보던 중청 안 무인들의 피가 끓어올랐다.

누구라도 뛰쳐나가 싸우고픈 그 순간 대전의 입구를 틀어 막은 여인이 입을 열었다.

"안 돼요. 모두 분하시겠지만 방해만 될 뿐이에요. 믿고 기다리세요."

너무나 결연한 그녀 당예예의 모습에 여기저기서 불만 어린 눈빛이 쏘아졌으나 그녀에게 힘을 실어주는 무암 진인의 음성에 누구 하나 나설 수가 없었다.

"지켜보시게나. 저들만이 이제 진정 천하제일을 논할 수 있으니!"

일순간 숙연해지는 분위기, 하나 당예예는 그저 보이지도 않는 연후의 모습을 찾기 위해 비명 소리를 좇고 또 좇았다.

저 안에 기다리는 님이 있었다.

저버리지 않고 와준 자신의 님이.

"빨리 와서 얼굴이라도 보여주란 말이에요."

그렇게 이어지는 난전이 해가 완전히 지고 산중에 짙은 어둠이 휘감아 갈 때까지 계속되었다.

연후나 단목강, 사다인에게 어둠 따위가 제약이 될 수는 없는 일, 하여 여기저기 불을 밝히기 시작한 것은 금군이었다.

그럼에도 그들은 너무나 당황하고 또 너무나 혼란스러울 수밖에 없었다.

곽영에게 직접 무림인들을 상대하는 법을 숱하게 조련받아 왔건만 그들 세 사람은 그런 병진으로 어찌해 볼 수 있는 이들이 아니었다.

쇠뇌를 쏘기도 전 병사들의 지척에 붙어 버리며 근거리는 근식박투로, 원거리는 뇌전으로 쉴 새 없이 금군을 쓰러뜨리는 사내를 상대하는 좌군.

시뻘건 빛을 뿜어내는 기형도를 휘두르며 손바람 몇 번 휘두를 때마다 몸통이 절단 나는 기이한 빛무리가 끝도 없이 생겨나는 사내를 상대해야 하는 우군.

그리고 마지막으로 어떻게 움직이는지 보이지도 않건만 그저 지나가는 길마다 팔다리가 하나씩 떨어지며 끊임없이 비명만 흘러나오는 중군.

군의 지휘관인 도지휘사사는 이미 벼락을 맞고 죽었고 각군의 수장인 첨사들 역시 처음 벼락을 맞거나 화포가 망가질 때 황천길을 건너 버렸다.

하여 각대의 천호장들이 군세를 조정하고 있으나 중군은 벌써 삼분지 일 이상이나 와해되어 버렸고, 그나마 좌군과 우군이 제법 버텨내는 상황이었다.

이런 상황에 중청 쪽의 무림인들이 합세라도 하면 더욱 좋지 않은 일이 벌어질 수도 있으니, 그저 군진 안에 난입한 이들만 상대하고 있을 수는 없는 것이다.

이제 막 해가 떨어진 상황에도 이 지경인데 점점 더 깜깜해진 한밤중에 급습이라도 당하면 어쩌나 하는 생각들을 할 수밖에 없는 때였다.

그런 생각이 일치한 후군의 몇몇 장수들이 수하들을 이끌고 담벼락 아래 깔린 화포들을 꺼내기 시작했다.

어차피 세 사람을 상대하는 병사의 수는 한 개가 있을 터, 이 기회에 후환이 될 소지를 제거하려는 것이다.

그런 생각을 하급의 지휘관이 해낼 만큼 이곳에 온 금군은 정예 병력들인 것이다.

"남은 병력은 화포를 꺼낸다!"

"후군의 방포대는 뭐하는가!"

"서둘러라! 쇠뇌를 갖추고 뛰쳐나오는 이들을 주살하라!"

군세의 중심에서 세 사내들이 싸우고 있는 동안에 벌어진 일!

상황이 그리되자 중청 안 무림인들도 더 이상 방관할 수만은 없게 되었다.

나가지 않으면 몰살이 분명한 때.

마지막 전의를 다지며 입구를 막고선 무암 진인을 바라보는 무림인들의 눈가에 서린 것은 죽어도 좋다는 결사항전의 의지들이었다.

무암 진인 역시 검을 움켜쥐었다.

천기를 바로 보았다면 이들이 죽어서는 아니 될 때, 하나 사람이 보는 것에 따라 움직여주는 것이 어디 천리이겠는가 하는 생각에 허허로운 상념을 털어냈다.

먼저 나서 한 발의 쇠뇌라도 베어주는 것이 도리라는 생각을 하는 무암 진인이었다.

그렇게 막 무암 진인을 위시한 강호의 무인들이 중청 밖으로 뛰쳐나오려는 때였다.

그 모든 난전의 상황들을 삽시간에 멈출 만한 음성이 들려왔다.

멈! 추! 어! 라!

한꺼번에 터진 포화의 울림보다 더욱 크게, 마치 하늘 전체가 무너져 내리는 소리처럼 들려온 네 마디 음절이 사람의 것이라고 생각한 이들은 없었다.

특히나 금군의 반응은 모두가 한결같아서 잠시간 모두 석상처럼 굳어져 그 음성이 들려온 하늘 가운데로 시선이 고정될 수밖에 없었다.

거세게 이어진 한 줄기 광풍이 사람으로 변해갔다.

허름해진 학창의를 나부끼며 서서히 내려서는 중년 사내 유기문의 눈길이 어둠 가운데도 그 자리에 있는 모든 금군에게 전해져 잠시간 꿈결을 헤매는 듯한 기분을 느끼게 했다.

일순간 감돌기 시작한 무거운 적막감!

그리고 온전히 자신에게 모인 그 모든 시선 가운데 내려선 유기문의 눈에서 처절한 회한의 눈물이 흐르고 있었다.

그것은 그냥 눈물이 아니었다.

바닥에 흐른 핏물이요 죽어간 이들의 영혼이 쏟아내는 통곡과 절규의 눈물이었다.

그 모습이 너무나도 처연해 보는 이들의 마음마저 뒤흔들고 있었다.

일순간 전장의 광기마저 어둠 저편으로 사라져 가는 듯

한 그때 유기문의 독백이 나직하게 이어졌다.

"이것이 천의(天意)라면…… 차라리 나를 죽이시지 그러셨소. 죄인은 천리를 거역한 나 하나인데 어찌 이리 하실 수가 있단 말이오. 곽영아! 곽영아! 네 이놈! 어디 있느냐!"

흡사 혼백이 나가 버린 듯한 음울한 그 목소리만이 나직하게 울리는 그때, 유기문을 향해 나아가 부복하는 이들이 있었다.

"대인!"

"대인! 죽여주시옵소서."

괴개와 독마 갈목종, 그 뒤를 따라 홍문규와 그를 도왔던 번천회의 몇몇 관리들이 종종걸음으로 다가와 그 앞에 엎드려 말도 하지 못하고 흐느끼기만 했다.

유기문의 눈이 더욱더 깊어진 채 그들을 하나하나 살피더니 이내 화포를 장전한 채 멍한 눈으로 서 있는 금군과 장수들을 향했다.

"돌아들 가게."

마음 한편으로 박혀 들어와 심금을 울리는 그 음성에 수많은 병사들이 움찔거릴 수밖에 없었다.

군은 기세가 생명보다 중하다는 것을 아는 몇몇 부관들이 흔들리려는 마음을 다잡고 소리쳤다.

"곽 장군께서 이르지 않았더냐! 강호에는 요망한 사술이 허다하다고!"

"모두 정신을 차리거라! 금군의 대장군을 시신조차 남기지 않고 참살한 역적 도당들이다!"

사그라들던 병사들의 전의를 끌어올리기 위해 소리치는 장수들과 이에 다시 기세를 일으켜 보려는 병사들의 움직임이 소란스러워졌다.

유기문을 비롯한 중청을 향해 일제히 쇠뇌와 화포를 겨누는 이들.

"그것이 너희들의 답이더냐?"

하나 유기문은 그 모든 것을 그저 허허로운 눈으로 바라볼 뿐이었다.

그리고 이내 하늘을 한 번 올려다본 유기문의 입에서 참으로 회한 가득한 음성이 흘러나왔다.

"인의(人意)가 천의를 따를 수 없음을 알았소이다. 하니 내가 뿌린 것은 내가 거두리다. 제발 더 이상 무고한 이들의 피가 흐르지 않게 해주시오."

허공으로 이어지던 유기문의 음성이 이내 부복하여 일어나지 못하는 독마와 괴개를 향했다.

"두 분께는 참으로 죄송합니다. 그리고 그간 고생 많으셨습니다."

유기문의 음성에 괴개가 그리고 독마가 말했다.

"송구합니다. 대인. 아둔한 이 늙은이가 일을 이리 만들었습니다."

"오래전 살려주신 목숨으로 본문의 염원까지 만들어 보았는데 뭐가 아쉽겠습니까? 대인 손을 더럽히고 싶지 않습니다. 괴개 어르신, 먼저 갑니다."

빠득!

이 사이 독단을 깨문 독마의 신형이 그대로 무너져 내렸고, 이를 지켜본 괴개 역시 망설임 없이 양 주먹으로 자신의 천령개를 찍었다.

퍼퍽!

처음 마주한 날로부터 평생의 그림자가 되어 주었던 두 사람의 자결을 보면서도 유기문의 얼굴엔 아무런 변화도 없었다.

이에 뒤따라 번천회에 속했던 늙은 관리들이 유기문을 쳐다보았다.

모든 처분을 맡긴다는 눈빛.

"여러분께서는 사셔야지요. 그래서 뒷수습을 부탁합니다. 하지만!"

유기문의 시선이 일순간 금군을 향해 이동했다.

그저 그 눈빛을 받은 것뿐인데 수많은 금군이 감히 그 눈을 쳐다볼 수가 없었다.

온몸이 발가벗겨지는 듯한 기이한 느낌 앞에 두려움마저 생기는 순간이었다.

"뭣들 하느냐! 쏴라!"

철컥! 철컥! 철컥!

쇠뇌살 수천 발이 일제히 유기문을 향해 쏘아지는 그 순간 유기문의 전신에서도 헤아릴 수 없는 검형의 빛이 일었다.

일순간 산중에 드리웠던 어둠을 가르며 일제히 폭사되어 가는 빛살들.

약신을 이룬 선천지기의 근간까지 모조리 일으킨 유기문의 은하유성검은 날아드는 쇠뇌를 가르며 천지를 수놓았다.

그리고 그 빛의 향연은 온밤이 지새도록 끝없이 이어질 것만 같았다.

은하가 검우가 되고 검우는 다시 혈우가 되었다.

이윽고 유기문을 감싸던 빛이 사라진 후 찾아온 것은 너무나도 무거운 적막감이었다.

한바탕의 긴 별 무리가 쏟아져 내린 후 그 자리에 남은 것은 군세 가운데 뛰어들었던 유가장의 세 친구와 단 한 명 살아남은 어린 병사뿐이었다.

유기문과 가장 지척에 위치한 어린 병사.

쇠뇌를 장전한 채 그저 눈을 감고 부들부들 떨고 있는 병사는 자신의 등 뒤에 섰던 이들 모두가 주검이 되어 쓰러졌다는 사실조차 모르고 있었다.

어마어마한 빛이 밀려들자 그저 눈을 감은 것이 전부였을 뿐.

그런 병사의 귓가로 항거할 수 없을 것 같은 음성이 전해졌다.

"쏘지 않고 뭘 하는가?"

철컥!

단 한 발의 쇠뇌살이 허공을 격하며 유기문의 심장을 향해 날아들었다.

너무나 엄청난 참살의 현장을 목격해 버린 연후조차 그저 멍한 얼굴일 수밖에 없는 순간 벌어진 일.

쇠뇌 소리와 함께 연후의 눈에 섬뜩한 붉은 광망이 서렸다.

연후가 만든 시간 속에 유기문과 그 심장 앞에 이르러 있는 쇠뇌살!

연후가 이를 막기 위해 몸을 움직이려 할 때였다.

"보내다오. 연후야!"

연후가 도리질을 치려는 그 순간 유기문의 눈과 연후의 눈이 마주쳤다.

뚝!

갑작스레 무언가가 끊기는 느낌!

순간 광안이 풀리고 유기문의 심장에 쇠뇌살이 격중되었다.

연후의 눈가에 번쩍이는 기광이 일었고 이내 쓰러지는 유기문을 붙잡았다.

연후로선 도저히 이해할 수가 없는 일들의 연속이었다.

수많은 이들을 참살할 때도 유기문은 말했었다.

막는다면 부자의 연이 끊어질 것이라고.

너무나도 단호한 그 의지에 두 눈을 감아 버렸던 연후였다.

그리고 지금 아버지는 죽어가고 있는 것이다.

한 번도 제대로 아버지인 적이 없었던, 그럼에도 마지막에 혈연을 언급하며 희대의 살성으로 죽어가고 있는 부친.

그를 안고 바닥에 주저앉으면서도 연후는 그 어떤 말도 꺼낼 수가 없었다.

"네게는…… 정말 미안하구나."

"……."

"너를 낳고…… 이름을 지으며…… 그때가 참 좋았더랬다. 연후란 이름, 그녀가 지었단다. 자신의 뒤를 이었으면 좋겠다고. 그녀의 이름 연(然) 자에…… 뒤따를 후(後)를 한 자를 붙이며 좋아하던 그때가 참 좋았단다……."

"대체 이제 와 그런 말씀은 뭐하러……."

의미조차 모호하던 이름자의 뜻을 알았을 뿐인데 울컥하는 기분이었다.

"오래도록 보아주거라. 아비의 꿈이 언젠가 천의가 되는 날이 올 터이니…… 고얀 녀석! 슬퍼하려면 제대로 해주던지……."

유기문의 손끝이 힘겹게 연후의 얼굴을 향해 뻗어갔다.

저도 모르게 흐르던 눈물을 의식하지 못했던 연후가 흠칫했지만 유기문의 손이 끝내 연후의 얼굴에 닿지 못하고 힘없이 떨어져 내렸다.

그제야 연후가 목 놓아 소리쳤다.

"아버지!"

그 처절한 외침이 적막강산처럼 변한 천목산의 한가운데서 처절하게 울려 퍼지는 밤이었다.

第十一章

망공(忘空), 망량(蝄蜽),
그리고 암천(暗天)

무린의 신형이 앞으로 나아갈 때마다 걸레짝처럼 변한 광승을 이고 뒤따르는 암천의 볼멘소리가 계속되었다.

"대체 이놈은 왜 꼭 데려가시려는 겁니까?"

"어허! 참 필요하니까 그렇지!"

"그러니까 왜 필요하냐구요!"

"다 왔잖아. 아 참! 대체 몇 번이나 묻는 건지. 이건 뭐 하극상이 생활인 아저씨네."

"아 진짜! 그럼 힘 좋은 혁 공자님이 직접 드시면 될 일을……!"

무린과 암천의 대화가 멈춘 것은 어둠이 짙게 깔린 무림왕부의 모습이 내려다보이는 산자락에서였다.

그 순간 코부터 부여잡는 암천!

"대체 이 지독한 냄새는 뭡니까?"

암천의 대답에 무림이 무뚝뚝하게 대답했다.

"혈향과 시취!"

"헉! 하면 빨리!"

"다 끝났어!"

"그걸 여기서 어찌 아신다고!"

"암운이 걷혔거든."

"네?"

"더 이상 죽을 사람이 없다는 뜻이에요. 가요! 이제부턴 내 일이니까."

일변한 무린의 분위기에 암천이 잔뜩 기가 죽어 중얼거렸다.

'하여간 뭔 비밀도 그리 많고, 감추는 것도 많은지…… 내 참 더러워서.'

"안 와요?"

"네네, 갑니다."

내심 구시렁거리면서도 바쁜 걸음으로 무린을 쫓는 암천이었다.

솔직히 대체 무슨 일이 벌어졌는지 궁금한 것도 사실이었다. 낮에만 해도 일만에 달하는 금군이 무림왕부로 몰려가고 있었으니 말이다.

한데 점점 가까워질수록 냄새가 지독해지고 있었다.

본래 냄새란 것이 익숙해지면 익숙해질수록 무감해지는 법인데 이건 숨을 쉬기 힘들 정도였다.

그리고 이내 횃불들이 여기저기 밝혀진 무림왕부의 동문 쪽에 들어섰을 때 비로소 무슨 일이 벌어졌는지 알 수 있었다.

질퍽거리는 바닥이 새벽 이슬 때문이 아니라는 사실.

대체 얼마나 흘려야 땅바닥 전체가 이렇게 핏물로 적셔질 수 있는지 상상하기조차 힘들었다.

서문을 지나 백양전을 가로질렀다. 그리고 연이어 중청까지 무린을 뒤따라갔을 때도 그것은 마찬가지였다.

땅은 점점 질퍽해져 암천의 마음까지 더욱 무겁게 만들었다.

당연히 앞서 걷는 무린의 표정 역시 속내를 알 수 없을 정도로 굳어 있는 때.

무린과 암천은 멈춰선 채 부지런히 움직이고 있는 사람들을 볼 수 있었다.

쉼 없이 시신들을 서문 밖으로 나르고 있는 이들, 그들의 너무나 암울한 모습에 쉬 말문을 열기 힘든 암천이었다.

"내려놓고 강이 좀 불러오세요. 칼도 꼭 가져오고요."

그 말을 따라 광승을 바닥에 팽개치는 암천이 잠시 무린을 쳐다보았다.

순간 칼이란 게 뭘 말하는지 몰랐다가 새삼 떠올랐기 때문이었다.

"알겠습니다. 그럼."

암천이 사라지자 무린이 툭 하고 광승의 늘어진 몸뚱이를 걷어찼다.

얼마나 맞았는지 미동조차 하지 않는 것을 본 무린이 그제야 한마디를 꺼냈다.

"뭐 느껴지는 거 없냐. 여길 보면?"

대답을 듣기 위해 물은 것이 아닌 듯 가만히 하늘을 올려다보는 무린이었다.

그렇게 잠시의 시간이 흘렀고 반가운 목소리들이 들려왔다.

"형님!"

단목강이 뛰어들어 와 안길 태세로 달려들자 무린이 손사래를 쳤다.

"징그럽다, 이놈아."

"대체 어딜 가셨던 겁니까?"

"나도 사연 많아. 우선 볼일부터 마치고."

"네?"

단목강의 의문 가득한 눈길에 혁무린이 다시 한 번 툭 하고 광승의 몸뚱이를 건드렸다.

이해 못할 혁무린의 행동이 이어진 그때 단목강은 온몸

이 사시나무처럼 떨릴 수밖에 없었다.

우우우우웅!

등 뒤에 혈마도가 미친 듯이 울었기 때문이다.

전신을 뒤흔들 만큼 격하게 떠는 혈마도의 반응에 단목강의 얼굴엔 더욱 짙은 의문이 생겨났다.

그런 눈길로 무린을 바라보는 단목강.

"역시 알아보는구나."

"네?"

"이유는 묻지 말고 그냥 베어주어라. 알면 쉽지 않으니까."

"형님 대체 무슨 소리를 하시는 겁니까?"

"알 거 없다잖아. 어때요? 괜찮지 않아요?"

대화를 나누다 갑자기 축 늘어진 시신에게 입을 떼는 혁무린의 기행.

순간 기이한 연기 같은 것이 시체 같은 노인의 백회에서 빠져나오는 것이 느껴졌다.

하나 단목강이 느낄 수 있는 것은 단지 그것뿐이었다.

"알아요. 미안하다잖아요. 봐요? 진짜 많이 닮았죠?"

"그렇다니까요. 이 녀석 진짜 멋진 놈이에요."

"그럼요. 만날 수 있어요. 진짜 미안해요. 자, 여기 이렇게 서세요. 네. 그렇게 절 마주 보지 마시고 반대쪽으로. 네네."

대체 누구랑 대화를 하는지 모를 이상한 혁무린의 행동에 한 번 놀라고 점점 울림이 더해가는 혈마도에 또다시 당황하는 단목강.

“강아! 여길 이렇게 좀 깔끔하게 베어주라. 알았지?”

앞자리를 가리키며 도의 궤적을 그리는 혁무린, 단목강이 다시 한 번 물으려다가 그냥 말없이 도파를 움켜쥐었다.

망량의 후인이 하는 일인데 어련한 이유가 있을까 싶어서였다.

“잠깐, 눈부터 감고.”

“네?”

“말 들으라니까.”

“네!”

대체 무슨 일인지 궁금함을 참지 못한 단목강이 두 눈을 질끈 감은 채 도파를 꺼내 들었다.

순간 텅 비어 버린 단전에 한꺼번에 밀려드는 어마어마한 기운들!

단목강은 무린이 그린 궤적을 따라 깔끔한 일도를 뻗어 갔다.

하데 그 순간 단목강의 눈이 번쩍 떠졌다.

아무것도 없는 허공을 베어가는 와중 도끝에 무언가가 베어지는 느낌이 전해졌기 때문이었다.

그리고 마주하게 된 희뿌연 여인의 형상.

너무나 투명하여 흡사 물로 빚은 인형이 아닐까란 느낌이 드는 아름다운 여인이었다.

그 여인의 몸뚱이를 사선으로 가르고 지나가는 혈마도를 보며, 또 그렇게 갈라지면서도 한없이 인자하고 따스한 미소를 짓고 있는 여인을 보면서 그저 모든 것이 의문일 수밖에 없었다.

도의 궤적이 끝나고 양단되었던 여인의 형상이 허공중에 산산이 흩어지기 시작했다.

이루 말할 수 없는 기이한 상실감에 가슴 한편이 그대로 뻥 뚫려 버린 느낌이었다.

그리고 그 순간 손에 쥔 혈마도가 나직하게 울었다.

"휴, 부디 좋은 곳으로 가십시오."

무린의 말이 이어지자 단목강이 조심스레 물어왔다.

"대체 누굽니까?"

"알면 다쳐!"

"형님!"

"다 잘됐으니까 걱정 말고. 아! 맞다."

무언가 잊었던 것을 떠올린 듯 무린이 재빠르게 광승의 축 늘어진 몸뚱이로 다가갔다.

머리통 위에 발을 올려놓은 무린이 냅다 힘을 주었다.

콰지직!

너무나 급작스런 일에 단목강의 두 눈이 치켜떠질 찰나

였다.

"요놈! 어딜 도망가!"

허공중에 있는 무언가를 손으로 붙잡은 무린이 갑작스레 가슴을 쭉 폈다.

순식간에 소용돌이치며 생겨나는 시꺼먼 암흑에다 빈손을 쓰윽 넣었다 빼는 혁무린.

"네놈한텐 여기가 어울려."

어둠이 사라지면 이어진 무린의 혼잣말에 단목강은 고개를 절레절레 저을 수밖에 없었다.

그런 단목강을 향해 무린이 물었다.

"연후는 괜찮아?"

마치 지난밤 있었던 일을 모두 알고 있다는 듯 이어진 질문에 단목강이 당황했다.

하나 공령지도의 어마어마한 폭주와 암운이 걷히는 것을 확인한 무린에게 이곳의 일은 보지 않아도 충분했다.

"잘 위로해 줘라."

"네. 그나저나 형님은요? 누이가 많이 걱정하십니다."

"음! 그래. 하여간 연화 소저한테도 잘 말해다오. 내가 한 구백 년만 더 빨리 태어났어도 반드시 연화 소저를 택했을 거라고."

"그러지 마시고……."

"강아!"

단목강을 부르는 무린의 분위기가 일변했다.

"공주랑…… 잘 살아라."

"대체 왜 그러십니까? 형님들을 불러오겠습니다."

"놔둬. 그 녀석들 보면 못할 거 같으니까. 그럼. 잘 있어라."

무린의 신형이 너무나 갑작스레 허공으로 떠올랐다.

어안이 벙벙한 표정으로 이를 바라보는 단목강.

하나 혁무린은 점점 더 높은 곳으로 올라 겨우 눈에 잡힐까 말까 한 곳까지 다다랐다.

때마침 암천을 따라 단목연화가 뛰어왔지만 그녀가 볼 수 있었던 것은 겨우 점만큼이나 작아져 별빛 사이에 숨어버린 혁무린의 아득한 모습뿐이었다.

그 순간 놀랄만한 일이 벌어졌다.

갑작스레 하늘의 별들이 너무도 빠른 속도로 가려지기 시작한 것이다.

누구라도 집중해서 보지 않으면 알지 못할 일, 하나 그것이 무린이 만들어 놓은 새로운 장막이란 것을 아는 이들은 도저히 혁무린에게서 눈을 뗄 수가 없었다.

한 줌의 내력도 없이 소실되었기에 그런 무린의 모습을 제대로 확인한 이는 그리 많지 않았다.

잠시 잠깐 혈마도의 기운을 품었던 단목강이나 선천의 법으로 연성한 내단을 지닌 암천 정도였다.

물론 다른 자리에서 이를 느낀 이들도 많았다.

연후나 사다인은 말할 것도 없고, 시체들을 수습하느라 바쁜 무암 진인이나 도왕 정도 되는 이들 역시 하던 일을 멈추고 이 기이한 현상을 바라보기 시작했다.

그들의 눈에는 무린의 등 뒤에서 자라난 어둠이 천목산의 하늘 전체를 뒤덮고도 모자라 끝도 없이 퍼져 나가는 것이 보였다.

그렇게 새롭게 만들어진 거대한 장막이 어느 순간 한꺼번에 지면으로 쏘아져 내렸고 이를 지켜보던 이들이나 그렇지 않았던 이들, 심지어 천목산을 운 좋게 빠져나가 서호나 멀리 항주까지 도주했던 관리나 병사들조차 몸 안에서 무언가가 쑤욱 빨려 나가는 듯한 느낌을 지우지 못한 것이다.

그렇게 내리깔린 어둠의 장막은 흡사 안개처럼 또 바람처럼 지면 곳곳을 훑었으며 살아 남은 이와 죽은 이를 가리지 않고 훑고 지나갔다.

마침내 세상 곳곳을 훑던 그 장막들이 일시에 하늘로 치솟아 올라 거짓말처럼 무린에게도 빨려 들어가는 순간 갑작스레 하늘엔 선명한 별빛들로 가득 차게 되었다.

그리고 이내 무린의 신형이 그대로 떨어져 내렸다.

그야말로 추락이라고밖에 말할 수 없는 낙하.

그를 아는 이들이 모두 깜짝 놀라 그가 떨어진 장소로 움직일 수밖에 없었다.

부친의 시신 곁을 지키던 연후도, 은서린을 살피던 사다인도 예외일 수 없었다.

또한 그 기이한 현상에 이끌려 무암 진인도 금도산도 단목중경도 모두 모여들었고 그들이 움직이자 다른 이들 역시 호기심에 속속들이 따라붙었다.

그렇게 사람들이 모이는 것과 달리 속절없이 내리꽂히던 무린을 받아낸 것은 다른 누구도 아닌 암천이었다.

"혁 공자!"

순간 감겨가는 눈을 억지로 붙잡은 무린이 날 선 음성을 내뱉었다.

"더럽게 졸리네."

"혁 공자님! 대체 이게 뭔 일입니까?"

"시끄럽고. 나 오래 살고 싶은 생각 없으니까 얼음 속에 처넣지마. 얼마나 좋아. 깨어 보면 한 오백 년쯤 흘러 있을 테니……. 이제 아저씨랑도 마지막이네. 나 잠든 동안 비고에 있는 진경 같은 거 세상에 뿌리면 가만 안 둘 테야!"

악에 받친 듯 소리치다 이내 풀썩 고개가 꺾여 버린 혁무린의 모습에 그 누구보다 놀란 것은 단목연화였다.

정신없이 달려와 암천에게서 무린을 빼앗는 단목연화.

"공자님! 혁 공자님!"

그녀의 목소리는 점점 커져 갔지만 죽은 듯이 잠든 무린은 도무지 깨어날 줄을 몰랐다.

"망량겁조!"

어디선가 나직한 음성이 흘러나왔다. 그리고 이어진 무암 진인의 음성.

"허허, 어허허허허! 이제 다시 시작할 수 있게 되었구려! 무량수불! 무량수불!"

무암 진인의 그 허허로운 목소리에 무린의 정체를 아는 지기들이나 그렇지 못한 이들 모두 저마다 깊은 상념에 빠질 수밖에 없었다.

금일 겪은 일들이 없었다면 절대로 믿지 않았을 말.

그 순간 무린을 단목연화에게 완전히 맡긴 암천이 뚜벅뚜벅 걸어 나와 단목중경 앞에 섰다.

"단목세가 음자대주 암천, 오늘부로 직위를 반납코자 합니다. 새로운 주군을 모시도록 허락해 주십시오."

너무나 갑작스런 일이었지만 단목중경 역시 허락하지 않을 수 없었다.

그가 옛날 무제의 비급을 지니고 세가로 돌와 왔을 때부터 이미 예견된 일이었을 것이니.

단목중경은 말없이 고개를 끄덕일 수밖에 없었다.

암천이 일어서 다시 한 번 예를 취한 뒤 이번엔 연후를 비롯한 단목강과 사다인을 차례로 쳐다보았다.

"뵙고 나면 힘들 것 같다고 하셨습니다. 이해해 주십시오. 부디 여러 공자님들 모두 보중하십시오."

암천의 포권에 세 친구 모두 포권으로 응대했고, 암천은 이내 다시 그 자리에 모인 무암 진인을 위시한 무림인들에게 알렸다.

"망량이란 이름은 잊어주십시오. 제 주군께선 자부의 일맥. 고래로부터 강호를 지켜온 단 한 명의 천인(天人)입니다."

암천이 뒤돌아서 무린의 신형을 안아 들었다.

안타까운 듯 놓지 못하는 단목연화의 손을 가볍게 뿌리친 암천이 뚜벅뚜벅 걸어가기 시작했다.

혈향과 시취로 가득했던 천목산 하늘 아래 새로운 희망을 내리고 기나긴 잠에 빠진 무린이 그렇게 떠나가는 밤이었다.

第十二章

종(終)

천목산의 대혈사가 지난 지 오 년의 세월이 흘렀다.

검종 무당파가 주최하는 검문지회(劍門之會) 소식이 다시 강호무림을 술렁이게 하는 봄날이었다.

그래 봐야 검기를 사용하는 절대고수들도 보기 어려운 시절이었지만 옛 강호의 향수를 느끼고픈 무림인들이 너나 없이 호북으로 향하는 때였다.

북경 인근 매화촌의 고즈넉한 장원 안에선 두런두런한 이야기가 들려왔다.

"바람 잘 날 없는 낭군님! 뭐하러 그런 수고까지 하시는 건가요?"

"적당한 사람들 만나면 좀 나눠줘야지. 이걸 다 어쩌겠어. 마침 도성 어르신께서도 허락하셨고."

서가에 한가득 꽂혀 있는 무림왕부의 무공 비급들을 보며 머리를 긁적이는 연후.

당예예가 그런 연후를 힐끗 쏘아보았다.

"당신이 자꾸 그러니까 애가 벌써부터 책은 안 보고 목검만 만지잖아요!"

"이제 겨우 두 돌이 지났을 뿐이오. 아이가 좋아하는……."

"절대 안 되요! 그냥 평범하게 키워서 착한 학사를 만들기로 했잖아요."

"대체 왜 그렇게……?"

"그런 말이 나오세요? 이틀 전 다녀오신 곳이 어디라고요?"

"……!"

"뭐, 다른 대륙이 있다는 말은 믿겠어요. 산자락만 한 무덤이 사막에 가득하단 말도 다 믿어요. 하지만 땅이 둥글다는 말을 어느 누가 믿겠어요."

"부인도 보지 않았소? 내 동쪽으로 향해 서쪽에서 오는 것을……. 이는 이미 광해경에도 언급된……."

"그게 문제예요. 누가 틀렸데요? 생각 좀 하세요. 애가 자라 그런 소릴 하고 다니면 누가 정상적으로 보겠냐구요?"

"흠……."

"그리고, 당신 말이에요."

"말하시오. 부인."

"이제 좀 같이 다니면 안 돼요? 애도 다 컸는데?"

"……."

"전에 말씀하신 거기 있잖아요. 거신이 칼로 땅을 헤집어 놓은 것 같은 절벽이 중원 땅만큼이나 넓게 펴져 있다고 했던……."

"거긴 좀 멀어서……."

"아이! 멀면 어때요. 아이야 단목 숙부한테 잠시 맡기면 돼죠. 그리고 우리 둘째도 만들어야지요."

"흠흠. 부인……."

*　　*　　*

때 이른 더위가 한창인 울창한 밀림 속에 커다란 폭포수가 자리하고 있었다.

떨어져 내리는 폭포 소리가 천둥치듯 들려오는 남만의 오지.

그 폭포의 낙하가 시작되는 절벽 위에 사다인이 있었다.

그리고 그 곁에 사다인을 그대로 줄여 놓은 듯한 꼬마 아이가 있었다.

"아빠!"

"응! 아들!"

"나 뛰고 싶다."

"무리다. 이 아빠도 여덟 살에 시도했다."

"난 할 수 있다. 아빠보다 더 세질 거니 지금 할 거다."

"그래도 안 된다."

"왜?"

"알면서…… 자식!"

이제 겨우 네 돌이 지난 꼬맹이의 머리를 흐뭇하게 쓰다듬던 사다인이 갑작스레 흠칫했다.

등 뒤에서 들려오는 소리 때문이었다.

"여봇!"

양팔에 네 돌 꼬맹이보다 더 어린 꼬맹이를 둘이나 안은 은서린이 날랜 몸짓으로 수풀 사이를 뚫고 날아왔다.

"왔다. 아빠."

"아들!"

"응!"

"남만에서 제일 센 건 아빠가 아니다."

"알아."

씩 웃는 사다인의 신형이 그대로 절벽 아래로 뛰어들었고 그 순간 은서린이 그곳에 도착했다.

거친 숨을 토해내는 은서린의 모습은 본래 남만 사람이라고 해도 이상치 않을 정도로 검게 그을려 있었다.

그녀가 조금 전과 달리 다정한 음성으로 첫째에게 말했다.

"아빠 못 봤니?"

꼬마 아이가 슬쩍 손가락으로 폭포 쪽을 가리키며 딴청을 피웠다.

그러자 그녀의 눈꼬리가 올라가더니 울분에 찬 음성을 내뱉었다.

"당신 정말 이러기에요? 큰애 사다일은 몰라서 그랬어요."

자신의 이름이 불리자 또다시 딴청을 하는 꼬마 아이.

은서린의 음성은 더욱더 앙칼지게 변했다.

"둘째도 사다이 때도 이상했지만 딸애 이름을 사다삼이라 짓는 건 어디 부족 법이에요!"

엄마의 흥분한 모습에 꼬마 아이가 히죽 웃었다.

"엄마가 제일 쎄!"

*　　　*　　　*

초원과 닿아 있는 북쪽 장성의 봄은 대륙보다 훨씬 늦게 찾아왔다.

황량한 바람만이 여기저기 꽂힌 군기를 휘날리는 때.

장성 위 망루에 홀로 선 젊은 무장 하나가 멀고 먼 초원의 끝자락을 지그시 바라보고 있는 때였다.

서편 하늘을 붉게 물들여가는 황혼을 보며 무장의 눈길이 아련해졌다.

때마침 망루를 향해 걸어와 무장의 곁에 서는 백의 궁장의 여인.

"정랑! 또 그곳을 보는군요."

"날이 찬데 뭐하러 여기까지."

"잘 계실 거예요. 두 분 다. 그렇게 보고 싶으면 일간 다녀오세요."

"어찌 군문을 책임진 이가 사사로이 시간을 쓰겠소?"

"피, 그럼 말하지 말아야겠군요."

여인 자운 공주의 토라진 음성에 단목강이 다급히 반응했다.

"대체 무슨 일인데……."

"당 언니 내외분 오신데요. 조카 아이도 같이!"

"연후 형님이? 그럼 이럴 때가 아니잖소. 작년에 담근 과실주가…… 아니지, 폐하께 진상하려고 남겨둔 후아주가 있으니……."

"참나! 그렇게 좋으세요?"

"흠흠! 부인도 잘 아시면서……."

"그래요, 뭐. 질투가 좀 나도 제가 참죠. 대신 제 부탁 하나만 들어주세요."

"무슨 부탁 말이오."

"무공 좀 가르쳐 주세요."

"대체 갑작스레……."

"나 혼자 나이 드는 것 같아서 속상하니까요. 정말 오래 오래 살고 싶으니까요. 정랑과 함께 지금처럼……."

*　　*　　*

천산 너머 머나먼 땅 신강.

붉은 협곡으로 둘러싸인 조용한 자부의 비처에 한 사내의 투덜거림이 이어졌다.

"젠장! 더럽게 심심하구먼. 거기나 가 볼까?"

암천은 멍하니 석벽 위로 펼쳐진 하늘을 바라보다 자리를 털고 일어섰다.

그러더니 숭숭 뚫려 있는 절벽의 동부 하나를 따라 끝없이 내려갔다.

아래로 내려가면 내려갈수록 점점 더 한기가 짙어졌지만 암천의 걸음은 외려 더 빨라졌다.

이윽고 끝없을 것처럼 보이던 동부의 끝에 놓인 문을 힘껏 미는 암천이 두 눈을 힘껏 감았다.

갑작스레 휘몰아치는 지독한 냉기!

하나 이미 이에 익숙한 암천은 흡 하고 숨을 한 번 참아낸 뒤 어마어마한 냉기로 가득한 빙굴로 들어섰다.

암천의 눈이 얼음으로 가득한 빙굴 가운데 누운 혁무린을 살폈다.

그리고 이내 나직한 한숨을 내쉬었다.

"에효, 이렇게 삼백 년을 살면 뭐한다고…… 참! 해도 너무하시우."

당장에라도 대답해 줄 것 같은 기분이었지만 무린의 잠은 끝이 없을 것 같았다.

지난 오 년의 깊은 잠, 그리고 앞으로도 얼마나 이어질지 모를 시간 동안 이렇게 보내야 할 무린을 생각하면 안쓰러운 마음이 일지 않을 수 없었다.

그렇게 무린을 바라보던 암천이 씨익 하고 웃었다.

무린과 나란히 누워 있는 빙정 때문이었다.

수정과도 같은 투명한 빙정 안에 잠든 아름다운 여인.

"뭐, 구백 년 잠자고 깨어나서 함께 사십시오. 이곳까지 홀로 찾아와 스스로 이곳에 누운 연화 소저라면 충분히 그럴 자격이 있지 않습니까?"

잠들기 전 무슨 좋은 꿈이라도 꾸었는지 빙정 안에서 웃고 있는 단목연화의 모습이 이곳을 찾는 암천의 유일한 위안거리였다.

"에휴! 일어나서 나 보고 뭐라 그럼 안 됩니다."

그 음성을 남기고 빙굴 밖으로 나가는 암천이 몸을 한 차례 부르르 떤 뒤 육중한 문을 닫았다.

극한의 냉기로 가득한 곳에 나란히 누워 잠든 두 사람.

혁무린과 단목연화의 시간은 아직도 멀게만 느껴지는 날

이었다.

* * *

천목산에도 봄은 찾아왔다.

오 년 세월은 가득했던 혈향을 지웠지만 그 상처마저 모두 치유한 것은 아니었다.

다만 시절이 지났어도 그곳을 찾는 이들이 점점 늘어나는 것은 단지 그곳에서 벌어진 참상 때문만은 아니었다.

폐허가 된 왕성 터에 언제부터인가 하나둘 세워지기 시작한 돌탑.

죽은 영혼의 수만큼 돌탑을 쌓겠다던 노승의 기행이 세간에 알려지기 시작한 것은 얼마되지 않았다.

그리고 그 노승이 불성이라 불리었던 일대의 고승임이 알려지자 많은 이들이 그 일에 동참하기 시작한 것이다.

담장과 전각이 무너져 하나둘 돌탑으로 변해갔고 이제는 그 수가 수천 개를 넘고 있으니 천하의 절경 못지않은 장엄함과 더불어 돌탑 하나하나에 부처의 은덕마저 깃들어 있다는 소문이 널리 퍼지기 시작한 것이다.

지난 겨우내 또 얼마나 많은 돌탑이 생겨났을지 하는 궁금함으로 사람들이 끊이지 않는 봄날.

천목산은 대륙의 명소로 서서히 변해가고 있었다.

그렇게 낮 동안 붐볐던 무림왕부의 옛터에도 밤이 찾아들었다.

여전히 노구를 움직여 돌탑을 쌓는 불성의 손길은 그간의 고행이 고스란히 드러나 있었다.

그 손에 의해 산더미처럼 쌓였던 일왕각의 잔해들마저 돌탑으로 변해갔으니 이제 이곳에선 더 이상 주을 돌덩이도 탑을 쌓을 자리도 없는 상황이었다.

불성이 마지막으로 쌓은 돌탑 위에 돌멩이 하나를 올려놓은 뒤 양손을 가지런히 모아 합장했다.

"아미타불! 일만 개의 돌탑이 모진 풍랑에도 하나 허물어지지 않았으니 이 모두가 대자대비하신 부처님의 은덕이라 여기겠습니다."

죽은 이의 영혼만큼 쌓으리란 것조차 집착임을 깨우치게 된 불성이 노구를 이끌고 뒤돌아섰다.

"과연! 그대의 말이 옳았소이다. 공이 없는 강호는 참으로 평온하더이다."

불성의 음성만이 허허롭게 부는 봄바람 속에 남겨졌다.

그렇게 불성의 그림자마저 사라지고 찾아든 깊은 밤의 어느 순간.

달그락!

불성이 쌓은 돌탑의 마지막 돌멩이 하나가 바닥으로 떨어져 내렸다.

그리고 이내 와르르 허물어지기 시작하는 불성의 일만 번째 돌탑!

퍽!

순간 땅바닥이 뚫리며 손톱이 다 헤진 손이 지면을 뚫고 올라왔다.

그렇게 땅바닥 위 돌무더기를 헤치며 온몸이 흙투성이가 된 사내가 힘겹게 땅 위로 기어올랐다.

"와하하하하! 살았어! 살았다고! 나 음사가 다시 세상에 나왔단 말이다!"

최초의 망균과 조우했던 사내, 함께 갇힌 두 늙은이의 시신마저 뜯어 먹으며 살아남은 사내가 비척비척 걸어 천목산을 빠져나가기 시작했다.

기력이 쇄한 그 걸음이 온전히 세상 밖으로 이어지진 못했지만 다음 날 수많은 사람들이 그를 접했으며 그의 시신은 서호의 관청까지 이송되었다.

망량이 깊은 잠에 빠진 그때 다시 깨어난 망공의 저주가 사람과 사람을 타고 서서히 번져 나가는 따스한 봄날이었다.

〈『광해경』 完〉

글을 마무리하며

참 지겹게도 오래 끈 하나의 이야기가 끝났습니다.

실력보다 욕심이 앞선 이야기였다는 생각을 지우지 못하며 완결에 즈음하여 몇 마디 주절거려 봅니다.

어찌어찌 우여곡절이 있어 때때로 글을 놓아야 했던 적이 있었습니다.

참으로 송구스럽고 죄송함을 금할 수가 없습니다.

미력한 글재주와 담고 싶은 이야기의 간극 속에서 방황했던 것도 사실이고 또 팔리는 글과 쓰고 싶은 글 사이에서 고민한 날도 여러 날이었습니다.

결국 이도 저도 아닌 연작이 되어 버렸지만 그래도 하고 싶은 이야기는 했구나 하는 마음으로 글을 마칩니다.

제가 만든 첫 번째 강호는 이렇게 끝이 났습니다.

다음 글은 좀 더 여러분께 다가갈 수 있도록 노력하겠습니다.

2012년 1월. 이훈영 배상.

추신:이야기의 끝이 정말 마음에 들지 않으신 분들만 한 장을 더 넘겨주십시오.

에필로그

희뿌연 매연이 가득한 북경의 하늘 위로 지독한 소음이 가득했다.

서서히 석양이 물들어가는 시간, 도시가 만들어 내는 소음과는 달리 대륙의 요람이라는 북경대학교 지하 도서관은 너무나 조용하기만 했다.

낡은 고서들이 만들어내는 책 냄새만이 가득한 그곳에서 학생으로 보이는 청년의 환호가 이어졌다.

"이야! 이거 봐라."

얼마나 오래되었는지 겉장이 너덜너덜해진 고서 하나를 들고 소리치는 사내.

뒷정리도 잊은 채 지하에서 이층 열람실까지 뛰어올라 왔다.

개강한 지 며칠 되지 않은 날이라 학생들의 수는 그리 많지 않았다.

낡은 고서를 든 사내가 헐레벌떡 멈추자 삼삼오오 모여 있던 친구들의 눈총이 이어졌다.

"내가 뭘 발견했는지 보라구."

자신 있게 고서를 친구들 앞에 내미는 사내.

하나 표제에 적힌 혈라강기란 네 글자를 보며 친구들은 혀를 찰 뿐이었다.

"치엔! 대체 언제 정신 차릴래?"

"아직도 영화나 현실을 구분 못해?"

친구의 핀잔에 발끈한 치엔이 소리쳤다.

"무슨 소리야! 무림은 진짜 있었단 말이야? 이거 보라구? 이걸 익히면……."

"그럼 태극권 익힌 동네 할머니는 다 장삼봉이겠다."

"야! 밥이나 먹으러 가자."

한껏 비웃음만 남기고 친구들이 사라지자 치엔의 눈엔 독기마저 일었다.

"두고봐! 내가 꼭 증명해 보일 테니까!"

자리에 앉아 고서를 들추기 시작하는 치엔.

순간 갑작스레 이층 열람실의 전원이 팟 하고 꺼져 버렸다.

황당한 사건에 드문드문 자리하던 이들이 웅성거리기 시

작했고 그 순간 입구 쪽에서 요란한 경보음이 울리기 시작했다.

학생증 없이 드나드는 이를 막기 위한 차단기와 경광등의 반응이었다.

"아 참! 귀찮네."

펑! 펑!

붉은 빛을 내던 싸이렌이 갑작스레 터져 나가자 감짝 놀란 학생들의 비명마저 터져 나오는 때.

그곳에 나타난 사내가 손바닥을 펼쳤다.

그리고 그 순간 요란하던 열람실 전체가 그대로 멈춰 버렸다.

흑발을 길게 기른 사내가 뚜벅뚜벅 걸어 치엔 앞으로 다가왔다.

목적은 그저 낡은 고서뿐인 듯 이를 가볍게 말아쥔 사내가 치엔의 눈앞에 다시 손바닥을 가져다 댔다.

"잊어라!"

그리고 다시 열람실 전체를 향해 한마디를 더하는 사내.

"너희들 모두!"

껌뻑! 껌뻑!

갑작스레 나갔던 형광등이 일제히 켜지고 사내의 모습은 벌써 사라지고 없었다.

뭔가를 하고 있었던 학생들이 모두 고개를 갸웃거렸지만

이내 다시 자리에 앉아 보던 책에 몰두하기 시작했다.

치엔 역시 우두커니 자리에 앉아 있다 벌떡 일어났다.

"대체 나 혼자 뭐하는 거지. 밥이나 먹자."

헐레벌떡 다시 뛰어나가는 치엔을 끝으로 잠시간 도서관 이층에서 벌어진 사소한 사건은 끝이 났다.

한편 고서를 입수한 흑발의 사내는 도서관 건물의 옥상에 기댄 채 요란한 빛을 뿌리는 네온사인들을 바라보고 있었다.

너무나 화려한 불빛들 속에 아련해져 가는 사내의 눈빛.

그 눈에 그리운 친구들의 얼굴들이 하나씩 스쳐 지나갔다.

이제는 다시 만날 수도 없는, 그래서 그리워하는 것조차 슬픔이 되는 지기들.

그의 손에 들려 있던 고서가 한순간 재가 되어 허공으로 흩어졌다.

"이런 세상이라면 무공 따윈 필요 없잖아."

사내 혁무린의 나지막한 음성만이 현란한 네온 아래 흩어지고 있었다.

그 순간!

그 불빛들을 타고 허공이 찢기는 듯한 소리가 터져 나왔다.

팟!

공간을 뚫고 나타난 사내는 체크 무늬 슈트를 말끔하게 차려 입은 중년 사내였다. 두꺼운 뿔테 안경이 꼭 어느 대학의 교수와도 같은 느낌을 풍기는 사내.

"왔나?"

무린의 말에 사내가 안경을 만지작거리며 대꾸했다.

"이런, 내가 한 발 늦었나 보구나."

"싱거운 녀석! 대체 이딴 거 모아서 뭘 하려고 꽁무니를 쫓느냐?"

"혹시 아나? 네 녀석 마음 바뀔지. 그때가 되면 빌딩 수십 개가 될지도 모르는 책인데……."

중년 사내의 말에 무린이 답했다.

"연후야!"

"응?"

"너 어쩌다 이렇게 되었냐?"

"나 이제 잘 안다. 망량의 마음을……. 네가 깨어나지 않았으면 정말로 미쳐 버렸을지도 모르니."

"……."

"오랜만에 제수씨가 해주는 밥 좀 먹을까? 요새 음식들은 죄다 못 먹을 것을 집어넣어서……."

"연후야!"

"응?"

"나는 그걸 맛있게 먹는 니가 더 이상하다."

"하하하하! 그 말 먼저 가서 꼭 전해주마."

팟!

"미쳤냐? 거기 안 서!"

광해경

1판 1쇄 찍음 2012년 1월 4일
1판 1쇄 펴냄 2012년 1월 6일

지은이 | 이훈영
펴낸이 | 정 필
펴낸곳 | 도서출판 **뿔미디어**

기획총괄 | 이주현
편집장 | 이재권
편집책임 | 심재영
편집 | 문정흠, 이경순, 주종숙, 이진선, 정시연
관리, 영업 | 김기환, 임순옥

출판등록 | 2002년 9월 11일 (제1081-1-132호)
주소 | 부천시 원미구 상3동 533-3 아트프라자 503호 (우)420-861
전화 | 032)651-6513 / 팩스 | 032)651-6094
홈페이지 | www.bbulmedia.com
E-mail | BBULMEDIA@paran.com

값 8,000원

ISBN 978-89-6639-487-6 04810
ISBN 978-89-6359-256-5 04810 (세트)